i am
Melody

i am Melody

아이 엠 멜로디

해피 재즈로 세상을 위로하는 곽윤찬의 음악과 인생 이야기

곽윤찬

지음

TERITOS

나는 글을 쓰는 재주가 없다. 오직 재즈만 있을 뿐이다.

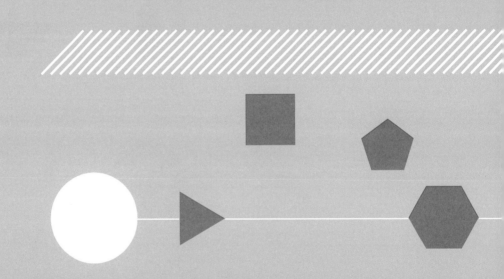

'마이너'의 음악, 재즈

'마이너'의 음악, 재즈

한 청년 노예가 통나무 의자에 앉아 기타를 친다. 청년의 연주에는 한이 서려 있다. 기타를 치면서 청년은 계이름 '도'를 길게 소리 내어 부르고 곧 계이름 '미'를 부른다. 그런데 자세히 들으면 완전한 '미'가 아니다. 어딘가 모자라는 느낌이다.

아주 오래전에 본, 제목도 잊은 흑백 영화에서 이 장면만은 지금도 생생하다.

19세기 초까지 노예 무역상들은 서부 아프리카에서 아프리카인이라는 '상품'을 싣고 미국 동부로 갔다. 거기서 노예와 다른 상품들을 바꿔 싣고는 유럽으로 가서 팔았다. 1808년 노예 수입이 금지될 때까지, 악명 높은 이 대서양 삼각 무역로(아프리카-신대륙-유럽)를 따라 수많은 아프리카인들이 미국으로 끌려 들어왔다.

그리고 그들과 함께 아프리카 전통 부족 음악들도 신대륙 아메리카로 흘러 들어갔다. 그들은 가혹한 노역을 마치면 석양을 등지고 노래를 불렀다. 아니, 흐느꼈다.

그렇게 재즈는 태어났다.

그 흑인 노예 청년이 부른 '미'는 정확히 무엇이었을까?

피아노 건반을 보자. 그 청년이 부른 것은 ①과 ③이 아니라 ①과 ②다.

두 음 이상이 동시에 울리면 '화음'이 된다. 여기서 '도'와 '미'를 같이 누르면 '메이저 화음 (Major chord)'이 나온다. 밝게 느껴진다. 음악에 아주 조금이라도 관심이 있다면 누구나 알 것이다. 초등학교 음악 교과서에도 나온다.

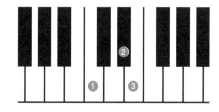

① + ③ 은 메이저 화음 (Major chord)
① + ② 는 마이너 화음 (minor chord)

그런데 '도'와 '미'의 반음 아래에 있는 '미 플랫'을 같이 누르면 '마이너 화음(minor chord)'이 나온다. 어둡고 슬픈 화음이다. 내가 본 그 영화에서 흑인 청년은 '미'에서 반음 모자라는 '미 플랫'을 불렀다. 그가 기타로 연주한 것은 바로 이 '마이너 화음'이다.

그 흑인 노예 청년은 '마이너'다. 소수자이자 약자(minority)다.

인간의 주변, 세상의 변두리로 밀려난 약한 소수자들이 '마이너'한 음을 연주하면서 블루스(Blues)가 생겨났고, 그리고 이 블루스를 모태로 재즈(Jazz)가 태어났다.

'도-미'뿐만이 아니라 '도-솔'도 마찬가지다. 밝은 화음인 '도-솔'과는 달리 블루스는 '도-솔 플랫'을 부른다. 여기엔 부족함과 나약함

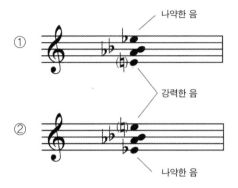

① 나약한 음

강력한 음

② 나약한 음

이 느껴진다. 재즈 음악의 본고장에서도 이렇게까지는 생각 안 하겠지만, 나는 재즈를 하면 할수록 더욱 확실히 이것을 느낀다.

'블루스' 하면, 우리는 나이트클럽에서 남녀가 서로 손 잡고 분위기 있게 추는 춤을, 술 푸고 왁자한 분위기의 대미를 장식하는 약간 퇴폐적인 춤을 연상한다. 하지만 블루스는 그런 게 아니다.

귀족적인 음, '미'를 감히 노래하거나 연주할 엄두를 내지 못하던 약한 노예들이 부족한 음, '미 플랫'을 소리 내면서 세상에 나온 음악이다. (이 모자라는 음은 지금도 가요나 R&B, Soul, Pop, Gospel 등 수많은 장르에 영향을 주고 있다.)

재즈에는 *'얼터드 코드' 또는 '변화 화음'이라는 것이 있다. 이 화음의 구성도 의미심장하다.

악보를 보면 쉽게 이해할 수 있다. 악보를 볼 줄 몰라도 그림으로 생각하면 더 쉽다.

①번의 경우가 '얼터드 코드'다. 풍부하고 강력한 음인 '미'가 밑에

얼터드 코드
altered chord
흔히 변화 화음이라고도 표현하나 재즈에서의 얼터드 코드는 가장 많은 텐션 노트 (b9, #9, #11, b13)를 포함하고 있는 가장 재즈적인 코드 중 하나이다.

10

있고, 부족하고 나약한 음인 '미 플랫'이 가장 위에 올라와 있는 것에 주목하기를 바란다.

②번의 경우처럼 위치를 바꾸어 귀족적인 음이 위로 올라가도록 쳐 보자. 완전한 불협화음이 들린다. 누구나 느낄 수 있을 정도로 불협화음이다.

②번과 같은 코드는 재즈에 없다. 우연이라도 쳐서는 안 된다.

①번의 경우처럼 부족한 '미 플랫'이 반드시 위에 있어야 제 맛이다. 실제로 이 '얼터드 코드'는 재즈를 대표하는 코드가 되었다. 이 코드가 들어가지 않은 재즈곡은 그리 많지 않다. 재즈에서 가장 '재즈스러운' 화음이다.

모자라는 음을 부르다가 블루스가 되었고, 약박에 힘을 주면서 스윙 재즈가 되었다.

나는 재즈가 좋다. 재즈의 화음은 신의 위로다. 재즈의 악센트는 신의 은총이다.

슬픔에 빠져 있고 어려움을 겪고 있는 사람들에게 난 재즈를 배우라고 권한다. 우울증에 빠져 있는 사람들에게도 난 재즈를 배우라고 권한다. 음악을 배울 형편이 안 되는 사람들에게도 나는 재즈를 배우라고 권한다.

모자란 이들이 나눌 수 있는 공감을, 약한 이들이 공감할 수 있는 힘을, 재즈의 화음과 악센트에서 얻으라고 나는 권한다.

Contents

2부 i am Melody

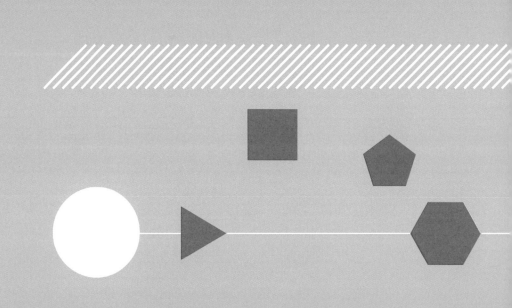

1부

Happy Jazz

태풍 '매미'에 사과나무의 사과는 다 떨어지고,

구제역으로 우리에 있던 소들은 다 없어져도

사과 농사를 짓고 소를 키우는 농부들이 결코 희망을 버리지 않았듯이,

재즈 카페에 재즈가 없고 재즈 댄스에 재즈 음악이 없다 하더라도,

나는 재즈로 인하여 즐거워하리라.

They are new every morning;
great is your faithfulness.

Lamentations 3:23

1 '딴따라'라 불러도 좋다

임프라버제이션
improvisation
악보에 적지 않고 즉흥으로
작곡하여 연주하는 재즈 연
주 기법.

머리 위로 땀방울이 송송 올라왔다.

*임프라버제이션에 몰두했다. 내 눈에는 온통 새까맣고 하얀 건반 밖에 보이지 않는다. 하루 종일 세 군데의 지방 대학을 돌며 강의를 하느라 쌓인 피곤은 이미 사라져 버린 지 오래다.

지금 한창 연주하고 있는 *〈All the things you are〉는 과거에도 들을 수 없었고 미래에도 들을 수 없는, 지금 이 순간에만 들을 수 있는 곡이다.

다른 음악과 달리, 재즈 연주는 언제 어디서 무엇을 어떻게 연주하느냐에 따라 스타일이나 선율 자체가 완전히 다르기 때문이다. 재즈는 그런 것이다.

연주 무대는 그다지 높지 않다. 무대 바로 앞에는 사람들로 빼곡하다. 다들 열심히 수다를 떨고 있다.

연주하는 내 모습을 바라보면서 무슨 말들을 하고 있는 건지, 내 귓

〈All the things you are〉
Jerome Kern 작곡.
Oscar Hammerstein Ⅱ
작사. 원래 1939년 뮤지컬
〈Very Warm for May〉를
위해 쓰여졌다.

18

가에 음악 말고 다른 소리가 조금씩 들리기 시작한다.

아무도 떠드는 관객들을 말릴 수는 없는 노릇이다. 이곳은 콘서트홀이 아니다. 대학가 재즈 클럽이다. 재즈 클럽은 그런 곳이다.

연주를 멈추고 '제발 좀 조용히 해주세요!'라고 마이크로 크게 외치고 싶다. 하지만 체념. 나는 오늘도 이 시끄러운 사람들 앞에서 열심히 피아노 건반을 두드리고 있다.

관객들(어쨌거나 그들을 '관객'이라 치자)이 어찌나 가까운지 그들의 입 냄새까지 느껴진다. 하기야 이미 연주하느라 흠뻑 젖은 내 땀 냄새도 장난 아닐 것이다. 피차일반이다.

나에게 주어진 *3코러스의 시간. 처음에는 서서히 임프라버제이션을 하다가 이제는 마지막 코러스로 온 힘을 다한다. 손가락이 안 보일 정도로 화려하고 열정적으로 연주하는 바로 그 순간, 누군가 내 어깨를 두드린다.

'아! 이 긴박한 순간에 누가….'

나는 반사적으로 뒤를 돌아볼 수밖에 없었다.

군대에서 갓 휴가 나온 차림의 건장한 청년이 나를 노려보며 말을 건넨다.

"아저씨, 여기 화장실 어디 있어요?"

"……"

인상을 쓰면서 고개를 다시 돌린 내 얼굴에는 이미 쭈글쭈글 주름이 잡혔지만 임프라버제이션은 멈출 수가 없다.

'뒤에 서 있는 놈은 빨리 잊어버리고 일단 곡을 마쳐야지.'

순간 또다시 그놈이 어깨를 두드린다. 이번에는, 술도 안 먹은 것 같은 그놈도 화가 난 모양이다.

코러스 chorus
재즈에서 멜로디 부분을 칭하는 한 절.

"화장실이 어디냐고요. 몰라요?"

"……"

대답 없이 눈이 감겨 버렸다.

어떻게 연주를 마쳤는지 지금도 기억나지 않는다.

클럽을 나와 무거운 걸음으로 주차장까지 왔지만 위로의 말을 건네는 사람은 아무도 없다.

'이 지긋지긋한 클럽 연주를 그만두어야 하나….'

클럽 연주는 좋은 음악적 경험이 되기도 하지만 생계를 유지하기 위해서는 꼭 해야 할 일이다. 일주일에 세 번 연주하는 이 기회를 포기한다면 얼마 전 장만한 조그만 아파트의 대출이자를 갚는 것에도 적지 않은 타격이 올 것이다. 내 눈에 눈물이 고였다.

미국 유학 시절 몰다가 힘들여 가져온 자동차의 문을 화풀이하듯 거칠게 열었다.

운전석에 앉아 시동을 걸었다. 아버지가 떠올랐다.

"너 음악 하면 배고프다. 다른 건 몰라도 음악만은 하지 마라."

몇 년 전 어느 유명 일간지에 '향후 10년, 가장 주목받을 직업'이란 제목의 칼럼이 실렸다.

주목받을 직업 '1위'는 기억나지 않는다. 그때 내 눈에는 2위만 들어왔다. '2위. 재즈 아티스트.' 나의 부모님이 그 기사를 읽었다면 얼마나 흐뭇해 하셨을까.

요즘 한국의 재즈 열풍은 상상을 초월한다. 많은 사람들이 피부로 느끼지 못해서 그렇지, 해마다 여러 곳에서 재즈 페스티벌이 열린다. 관객이 많이 모이는 곳은 10만에 이른다. 외국의 내로라하는 뮤

지션이 내한 공연이라도 하면 재즈 마니아는 물론 수많은 관객들이
장사진을 이룬다.

'실용음악과'라 하여 재즈를 가르치는 대학들도 많이 생겼다. 한때
경쟁률 최고를 자랑했던 연극영화학과를 누른 지 오래다.

실용음악과에 지원하는 학생들은 가요계 진출을 바라거나 순수 재
즈 아티스트가 되기 위한 경우가 대부분인데 최악의 경우에는 200
대 1의 경쟁을 뚫어야 한다.

그러니 실용음악을 가르치는 학원이 전국에 2,000개에 육박한다는
통계가 나오기까지 한다.

재즈를 공부하러 유학가는 학생 수도 굉장히 늘었다. 1990년대 내

© Kyung jung of Yellowhale Photography

가 재즈를 공부하러 미국에 갔을 때만 하더라도 그 학교에서 재즈를 공부하던 한국 학생은 고작 해야 10여 명뿐이었다. 그런데 10년쯤 지나자 한국인 재학생만 300명을 넘었다.

수많은 사람들이 나이와 관계없이 재즈 또는 재즈와 관련된 음악을 전공하거나 취미로 공부하려고 준비하고 있다. 참으로 한국 국민은 음악을 좋아하는 국민이다.

그런데 참 이상하다. 이렇게 재즈 열풍이 불고 있는데도, 장래에 재즈 아티스트가 되고 싶어 하는 학생의 부모는 거의 대부분 자녀들을 싸잡아 말린다. 정 음악을 하고 싶으면 차라리 클래식 음악을 하라고 하거나 일단 다른 과를 전공한 다음 음악은 취미로 하라고 한다. 재즈 뮤지션인 나로서는 참 듣기 거북한 말이다. 하지만 충분히 이해가 가는 말이기도 하다.

재즈를 한다고 하면 왜 그렇게 말리는 것일까?

언제부턴가 나이트클럽이나 룸살롱이 유행하면서 클래식이 아닌 다른 음악을 하는 사람들을 '딴따라'라고 불렀다. 게다가 재즈라고 하면 흔히 술이나 마약이 연상되고 난잡한 생활과 배고픈 삶이 떠오르는 것 같다.

'딴따라' 음악이라고 오해받기 십상이고, 길거리에서 보이는 재즈는 사실 재즈 음악과는 대부분 거리가 멀다. 재즈 카페라는 곳에서 항상 재즈를 들려 주는 것도 아니고 재즈 댄스라고 해도 실제 재즈 음악과는 거의 관계가 없다. 비록 현실은 그렇지만 순수하게 재즈를 공부하고 그것을 바탕으로 재즈 연주가, 가수, 작곡가, 편곡가, 프로듀서, 영화음악가, 기획자, 녹음세션, 가스펠 리더, 뮤직 비즈니스, 음향 엔지니어 같은 아티스트를 꿈꾸는 젊은이들이 많다는 사실만으로도 나는 흐뭇하다.

태풍 '매미'에 사과나무의 사과는 다 떨어지고, 구제역으로 우리에 있던 소들은 다 없어져도 사과 농사를 짓고 소를 키우는 농부들이 결코 희망을 버리지 않았듯이, 재즈 카페에 재즈가 없고 재즈 댄스에 재즈 음악이 없다 하더라도, 나는 재즈로 인하여 즐거워하리라.

설사 10년 뒤에 재즈가 두 번째로 주목받는 직업이 되지 않고 그저 '딴따라' 재즈 피아니스트에 불과할지라도, 나는 재즈를 배신하지 않을 것이다.

처음에 내게 피아노는 무기였다.

악기가 아니었다. 내가 피아노 뚜껑을 연 것은

결코 연습을 하거나 연주를 하기 위해서가 아니었다.

아주 가끔씩, 그것도 참다 참다 무기를 꺼낼 수밖에 없는

긴박한 교전 상황에만 열었다.

I will bless them
and the places surrounding my hill.
I will send down showers in season;
there will be showers of blessing.

Ezekiel 34:26

2 피아노는 나의 '무기'

드류 그레스 Drew Gress
1959년 11월 20일 미국 뉴저지 출생. 미국 재즈 더블베이시스트이자 작곡가. 여러 프로젝트 밴드에서 리더로 활동했다. 1998년 리더를 맡은 콰르텟 밴드 'Jagged Sky'의 데뷔 앨범 〈Heyday〉는 "언더그라운드의 클래식"으로 인정받고 있다.

2007년, 베이시스트 *드류 그레스, 드러머 *내쉿 웨이츠와 함께 뉴욕에서 4집 음반 〈Yellowhale〉을 녹음했다. 이 '노랑 고래'를 녹음하러 뉴욕에 갈 채비를 하고 있는데, 뉴욕 맨해튼 *스타인웨이홀에서 연락이 왔다.

"뉴욕에 오시면 저희 연습실을 맘껏 이용하셔도 됩니다."

세계 최고의 명품 그랜드피아노를 만드는 회사가 운영하는 그 스타인웨이홀이 나를 환대하다니…. 가슴이 콩닥콩닥 설레었다.

그리고 오랜 꿈 하나가 되살아났다.

일곱 살 때였다.

검정색 업라이트피아노가 집에 들어왔다. 한참 동안이나 입이 다물어지지 않았다. 정말 놀랐다.

집에 피아노 있는 친구가 별로 없던 시절이었다. 아버지는 형한테

툭하면 '음악 하면 배고프다'고 했다. 네댓 살 때부터 이 슬로건을 듣고 자랐는데, 느닷없이 피아노라니.

'아버지는 무슨 맘으로 피아노를 들여 놓으신 것일까?'

피아노보다는 무전기를 더 원했던 형과 나에게 갑자기 들어온 피아노는 수수께끼였다. (지금도 마찬가지다. 아버지는 도통 말씀을 안 하신다.)

'이제 교회는 끝장이다!'

미아리 우리 집은 교회 뒷담과 붙어 있었다. 늘 교회에서 들려오는 시끄러운 가스펠 소리는 방을 같이 쓰는 형과 내게 끔찍한 소음이었다.

한창 교회에 밴드가 도입되고 처음으로 가스펠이 유행하던 시절이었다. 시도 때도 없이 악기와 노래 소리가 창문을 넘어 우리 방으로 침투해 들어왔다.

우리 집 다락에서는 매일 밤 쥐와 도둑고양이가 벌이는 사투의 비명이 끊이지 않았고, 마당에서는 세리와 해리와 존이 경쟁하듯 짖어 댔다. 특히 덩치 큰 해리는 밤마다 어찌나 크게 울어 댔던지, 세를 준 옆방 부부는 갓 얻은 아기가 죽은 게 우리 해리가 밤마다 울어 댔기 때문이라며 이사를 가 버렸다.

누가 이 시끄러운 소리들을 잠재울 것인가.

이 오랜 숙원을 한방에 날려 버릴 반가운 무기가 오늘 우리 집에 들어온 것이다!

치는 법을 배운 적도 없고 매뉴얼도 없는 피아노는 그날 이후로 나의 강력한 최첨단 음파 무기가 되었다.

교회에서 음악 소리가 들려오면 나는 창문을 활짝 열었다. 그리고

내쉿 웨이츠
Nasheet Waits
미국 뉴욕 출신 재즈 뮤지션. 드럼 연주자. 전설적인 퍼커션 연주자 프레드릭 웨이츠의 아들. 2001년 Bandwagon 과 함께 녹음한 앨범 〈Black Stars〉는 〈재즈 타임스 Jazz Times〉와 〈뉴욕 타임스 New York Times〉의 '올해의 CD 상'을 수상했다.

스타인웨이홀
Steinway Hall
1853년 뉴욕 맨해튼에서 창업한 피아노 제조사 'Steinway and Sons'가 1866년에 문을 연 콘서트홀 겸 피아노 전시판매장.

특별히 조준하지 않아도 목표에 명중하는 그 신형무기를 잽싸게 발사했다. 때로는 한 음으로, 때로는 여러 음으로….

그 시절 교회는 부흥회도 참 많이 열었다. 찬송과 통성 기도 없는 부흥회는 부흥회도 아니었다. 부흥회가 시작되고 노래 소리가 고조되면, 나는 비장의 양손바닥 신공으로 최강의 음파 미사일을 날렸다. 가끔은 지원 세력을 동원하기도 했다. 형은 *아바의 곡이 흘러나오는 낡은 전축을 틀었다. 볼륨을 끝까지 올린 채로.

처음에 내게 피아노는 무기였다.

악기가 아니었다. 내가 피아노 뚜껑을 연 것은 결코 연습을 하거나 연주를 하기 위해서가 아니었다. 아주 가끔씩, 그것도 참다 참다 무기를 꺼낼 수밖에 없는 긴박한 교전 상황에만 열었다.

재즈 피아니스트로 조금씩 알려지면서 여기저기서 인터뷰 요청이 들어온다. 내가 어려서부터 스파르타식 음악 훈련을 받았거나 특별한 음악 교육 환경 속에서 자랐을 거라고 다들 지레짐작한다. 어린 시절 음악 공부를 어떻게 했는지 꼬치꼬치 캐묻는 기자들을 만날 때면, 나는 그냥 씩 웃기만 한다. 음악은 내게 '교육'이 아니라 음파 '교전'이 전부였으니까.

참 독한 싸움이었지만, 교전이 그리 오래가지는 않았다.

승패가 갈리면 끝나는 게 전쟁이다. 그리고 그 승패는 약한 쪽이 슬그머니 꼬리를 내리고 물러나면서 흐지부지 갈릴 때도 있다.

내가 다니는 교회였음에도 불구하고 건너편 우리 방에 있을 때는

아바 ABBA
1972년부터 1982년까지 활동했던 스웨덴 혼성 4인조 팝그룹.

28

늘 적군이었던 그 교회에서 초등부 반주를 맡게 되었다.

평화협상을 먼저 제의한 쪽이 교회였는지 나였는지는 잘 기억나지 않는다. (그 교회 이름도 '평화교회'였다!) 교회에서는 피아노 반주를 하고 집에 돌아와서는 다시 피아노로 교회를 공격할 수는 없지 않은가. 가끔 이 당에서 저 당에 대고 열심히 욕하며 싸우다가 어느새 저 당으로 넘어가 또 열심히 일하는 정치인이 있는데, 그런 철새 정치인의 마음이 아주 조금은 이해가 가기도 한다.

그리고 일 년 뒤 나는 내 강력한 피아노 무기를 사용하려는 마음을 완전히 접었다. 신앙이 자라서는 아니었다. 어른들이 예배드리는 본당에서 실로 거대한 꿈의 무기를 보았기 때문이다.

거기에 바로 그랜드피아노가 있었다.

처음 보는 무기였다. 어찌나 소리가 큰지 내 무기로는 상대할 수가 없었다.

'언제나 저 거대한 무기를 한번 만져 볼 수 있을까?' 나는 바로 꼬리를 내렸다.

그 뒤로 나는 그 그랜드피아노를 한번 쳐 보는 것이 소원이었다.

하지만 초등학교 내내 그 꿈은 한 번도 이루어지지 않았다. 본당은 예배가 없는 날이면 늘 잠겨 있었고, 그랜드피아노 역시 꽃자주색 '비로도'(그 시절에는 아무도 '벨벳'이라고 발음하지 않았다) 덮개로 늘 덮여 있었다.

그리고 내 꿈도 그렇게 오랜 세월 묻혀 있었다.

홀에 들어서니 스타인웨이 그랜드피아노들이 늘어서 있었다. 말 그대로 백 대도 넘었다.

어린아이처럼 나는 거의 모든 피아노를 두들겨 보았다.

'피아노 소리 낭랑한 *랑랑이라도 왔나.' 옆방에는 기자들이 몰려 있었다. 나는 아랑곳하지 않았다. '뉴욕이라면 재즈가 더 어울리지, 흠.'

나는 스타인웨이 그랜드피아노와 함께 기쁘고 즐겁고 감사한 마음으로 스윙 재즈를 치면서 내일 있을 녹음을 위해 워밍업을 했다.

'무기'여 잘 있거라.

'꿈'은 이루어진다.

랑랑
Lang Lang 郎朗
1982년 중국 출생. 미국에서 활동하고 있는 피아노 연주가.

약박에 악센트를 주는 특이한 음악이 바로 스윙 재즈고,

이것이 재즈의 몸통이 되었다.

나는 이 악센트의 힘을 아주 어릴 때 절감했다.

*The God
of Abraham
Praise*

The twenty-four elders and
the four living creatures fell down
and worshiped God,
who was seated on the throne.
And they cried:
"Amen, Hallelujah!"

Revelation 19:4

1998년 봄이었는지 가을이었는지는 가물가물하다. 따뜻한 날이었던 것은 분명하다. 서울 세종문화회관에서 세계적으로 유명한 어느 재즈 기타리스트의 연주회가 열렸다.

당시 최고의 실력과 명성을 자랑하는 그 기타리스트의 연주를 보려고 구름같이 허다한 재즈의 증인들이 공연장으로 몰려들었다.

그렇게 재즈 마니아가 많은 것도 아닌데 '세계적인'이란 수식어만 붙으면 표는 거의 매진이었다. (지금도 마찬가지지만.)

한국 전쟁 이후 미군이 한국에 주둔하면서 미군 군악대도 많이 들어왔다. 그들을 지켜보면서 한국 음악인들이 재즈를 흉내 내기 시작했다. 그러다가 1990년대 유명 탤런트 차인표 씨가 어느 드라마에서 색소폰으로 재즈를 연주하면서 재즈가 큰 붐을 일으켰다. 그때는 재즈 연주자들이 모자라 한 사람이 하루에 세 군데씩 다니며 연주를 했다. 유학 중이라 나는 잘 몰랐지만, 그때부터 해외 유명 재즈 아티스트들이 종종 내한 공연을 했다.

그 기타리스트의 음악은 사실 아방가르드하다. 약간 우주적이면서 매우 현대적이다. 개인적으로 별로 좋아하지는 않지만 막 귀국한 후 공짜 표에 혹해서 그 공연을 보러 갔다. (나도 공짜라면 뭐도 마신다는 사람들과 피를 나눈 형제다.)

역시나 그의 연주는 몽환적이었다. 아니나 다를까 여기저기서 코고는 소리가 들렸다. 사실 나도 좀 잤다.

공연은 두 시간을 훌쩍 넘겼다. 지루했다. 왜 그리 안 끝나는지, 체면상 나갈 수도 없고….

드디어 마지막 곡이 끝났다.

그런데 이게 웬일인가. 여기저기서 앙코르가 터져나왔다. 분명 졸거나 자던 사람들 중에 범인이 있었을 것이다. 졸다가 공연이 끝나는 기척에 엉겁결에 앙코르를 외친 게 그만 도미노를 일으킨 것이리라. 어쨌거나 옆 사람이 일어서니까 막 잠에서 깬 사람들이 영문도 모른 채 모두 일어나 덩달아 앙코르를 외쳤다.

그 기타리스트가 다시 무대로 나왔다.

이번에는 지금까지 연주했던 지루한 곡 대신에 매우 쉽고 누구나 알 수 있는 블루스 곡을 연주하기 시작했다.

일은 여기서 터졌다.

관객들이 박자에 맞추어 박수를 치기 시작했다.

사실 재즈 연주회에서는 곡 중간중간에 개별 솔로 연주가 끝날 때면 박수를 치기도 한다. 매우 감탄스러운 연주 부분에서도 박수를 자유롭게 친다.

하지만 곡에 맞춰 계속 치는 경우는 아주 드물다.

그런데 박수를 계속 친 것도 문제가 아니었다. 박수를 우리가 늘 치는 대로 첫 번째, 세 번째 강박에 친 것이 문제였다. 그것도 박수가 빨라졌다 늦어졌다 하면서….

그 기타리스트와 밴드 멤버들이 서로 쳐다보면서 웃는 것이 내 눈에 보였다. 아니, 내 느낌으로는 비웃고 있었다.

스윙으로 연주되는 블루스는 '약박에' 악센트를 준다. 박수를 굳이 치고 싶었다면 두 번째, 네 번째에 쳤어야 했다.

그 기타리스트가 자기 나라로 돌아가 다른 재즈 아티스트들에게 이렇게 얘기를 했다는 소문이 돌았다. 난 그 얘기를 어느 재즈 평론가에게서 듣고 얼굴이 화끈거렸다.

"이야~ 한국에 처음 가서 공연을 하는데 내 연주를 들으면서 절반이 자더라. 근데 앙코르 곡을 좀 쉬운 걸 했더니 자던 사람이 깨더라. 내가 블루스 연주를 하니까 계속 박수를 치는 거야. 기가 막힌 건 계속 박자가 빨라졌다 느려졌다 하는데, 그것도 1, 3박에 치는 거야! 너희 거기 절대 가지 마라."

흔히 박자라고 하면 몇 박자가 연상되는가? 그야 당연히 4박자다. 유명한 트로트 가수 송대관 씨가 〈네 박자〉라는 곡을 히트시킨 것처럼, 우리가 부르는 대부분의 노래는 4박자로 되어 있다. 그래서 노래방에서 누군가 노래를 부를 때 사람들은 이 4박자에 맞추어 박수를 친다.

그렇다면, ♩ ♩ ♩ ♩, 이 4박자 중 우리는 어느 박에 박수를 칠까? 간혹 가다가 꼭 남들 치는 박자에 안 치고 엇갈리게 두 번째와 네 번째에 박수를 치는 약간 별난 사람도 있긴 하지만, 거의 대부분의 사람들은 첫 번째 박자와 세 번째 박자에 박수를 친다. ♩ ♩ ♩ ♩는 각각 강-약-중강-약박으로 되어 있다. 이것은 누가 억지로 만든 것이 절대 아니다. 배우지 않아도 타고나는 것이다.

메이저 화음이 밝고 마이너 화음이 어둡게 느껴지는 것도 같은 경우다. 첫 번째, 세 번째 박자가 원래 강박으로 타고났기 때문에 그 박자에 박수를 치고 노래를 하고 흥을 맞추는 것이다. 약박인 두 번째, 네 번째 박자에 박수를 치는 경우는 거의 없다.

그런데 재즈는 완전히 다르다. 재즈는 약박에 악센트를 준다.

그래서 재즈 드러머는 왼발로 *하이햇을 두 번째와 네 번째 박자에 맞추어 치는데, 블루스나 스윙 재즈(Swing Jazz)가 바로 그런 경우다.

약박에 악센트를 주는 특이한 음악이 바로 스윙 재즈고, 이것이 재즈의 몸통이 되었다.

나는 이 악센트의 힘을 아주 어릴 때 절감했다.

하이햇 Hi Hat
심벌 두 개를 포개놓은 모양
이다.

우리 집 맞은편에 병철이라는 친구가 살았다.

병철이는 엄마와 살았다. 아버지가 안 계셨다. 어머니가 늘 애지중지하는 게 어린 내 눈에도 보일 정도로 병철이는 부족한 게 없었다. 나는 병철이가 부러웠다.

병철이는 동네에서 매일 배달되는 병우유를 마시는 유일한 아이였다. 보릿고개 시절은 아니었지만, 그렇다고 지금처럼 먹을 것이 풍부한 시절도 아니었다. 나는 병철이네 집 앞을 지날 때마다 수거함에 들어 있는 우유 빈병을 부러운 시선으로 바라보면서 꿀꺽 침을 삼켰다.

우리 부모님은 맞벌이를 하셔서 할머니가 우리를 돌보셔야 했다.

우리 할머니는 동네에서 '호랑이 할머니'로 소문이 자자했다. 그렇게 가난하지 않았는데도 할머니는 매일 내게 바가지에 누룽지 밥을 주셨다. 형에게는 그러지 않으셨는데 왜 내게만 그러셨는지 지금도 수수께끼다. 나는 형도 부러웠다.

남들처럼 외식을 해 본 적도 거의 없다. 유난히도 귤을 좋아하던 나는 귤 장사가 꿈이었다. 할머니 성화에 못 이겨 초저녁부터 잠자리에 들었는데, 늦게 들어오시는 아버지에게 할머니는 미리 사다 놓았던 귤을 까서 주셨다. 그 달콤한 냄새에 나는 잠에서 깨곤 했다. 그럴 때면 할머니는 호통을 치셨다.

"어른들 얘기하는데, 끼어들지 말고 빨리 자!"

그럼 난 서러워서 이불을 뒤집어쓰고 소리 안 나게 울다가 잠들었다. 교통사고를 당해 병원에 입원했다가 두 다리에 깁스를 하고 집에 오던 날, 사고를 낸 운전자가 '종합선물'이라는 과자를 한 상자 사왔다. 할머니는 그것도 내 키가 닿지 않는 장롱 위에 올려놓으셨다. 나는 맛도 못 봤다.

시금치를 먹으면 괴력을 발휘하는 만화 주인공 '뽀빠이'가 우리의 영웅이었던 그 시절 어느 날이었다.

시금치 값이 갑자기 엄청 올랐었나 보다. '시'는 뚝 잘라 버리고 그냥 '금치'라고 부른 그 시금치가 그렇게 먹고 싶었지만, 할머니를 따라 시장에 가면 겨우 구경만 할 수 있던 때였다.

"병철아 놀~자."

"나 지금 엄마랑 밥 먹으니까 잠깐 들어와서 기다려."

병철이네 대문을 밀고 들어간 나는 순간 멈춰 섰다. 병철이 밥상에

머리숱이 많던 초등학교 5학년 때, 형과 함께.

시금치가 올라와 있는 게 아닌가!

순간 슬로비디오처럼 군침이 넘어갔다. 목에 무언가가 걸리는 줄 알았다.

휘둥그레진 두 눈으로 시금치 반찬을 바라보면서 나는 용기를 냈다.

"아주머니 저어, 시, 시금치 한 젓가락만 먹어도 돼요?"

병철이 어머니는 선뜻 허락해 주지 않고는 한 가지 조건을 내거셨다.

"윤찬이 너, 노래 한 곡 부르면 먹게 해 주지."

이런, 난 지금도 이 세상에서 노래방 가는 게 제일 싫은 사람이다. 그때나 지금이나, 노래를 못 불러서가 아니라 부를 수 있는 노래가 없기 때문이다. 그런 나에게 노래를 시키다니 잔인한 일이었다.

그때 내가 부를 줄 아는 노래는 교회에서 가르쳐 준 것이 전부였다. 하지만 그 노래를 부를 수 있는 입장도 아니었다. 병철이네는 굿을 많이 하는 집이었다. 집안 구석구석에 벌겋고 꼬불꼬불하고 어딘지 기괴한 느낌이 나는 부적들이 잔뜩 붙어 있었다. 그런 집에서 교회 노래를 불러서는 안 된다는 것 정도는 어린 나도 알고 있었다.

그렇지만 시금치는 꼭 먹고 싶었다. 무척 괴로웠다.

머뭇거리다가 마침내 일을 저질렀다.

"옛수 이름으로, 옛수 이름으로, 승리를 얻었네."

"옛수 이름으로, 옛수 이름으로, 승리를 얻었네."

당시 최고 히트 복음성가였다. 아마 복음성가는 이 곡부터 우리나라에 소개되지 않았을까 생각한다. 가요로 치자면 〈돌아와요 부산항에〉고 팝으로 치면 〈Yesterday〉였다.

두 손을 포개서 앞으로 모으고 무릎을 약간 구부렸다 폈다 하면서

"예수 이름으로"를 부르고 있는데, 병철이 어머니가 남자 톤으로 "에헴……" 하시며 시금치를 먹으라고 하셨다. 별로 내키지 않는 눈치였지만, 어른이 아이에게 한 약속이니 어쩔 수 없으셨던 것 같다.

병철이 어머니에게는 좀 죄송하지만 할 수 없었다. 맛있게 먹었다. 아는 노래가 그것뿐인데 어쩌랴.

"옛수 이름으로, 옛수 이름으로, 승리를 얻었네."

'예'에 악센트를 잔뜩 넣어야 제 맛인 "예수 이름으로" 덕분에, 숫기 없던 나는 그날 뽀빠이가 됐다.

왼손으로는 3박자, 오른손으로는 4박자를 동시에 쳐 보자.

리듬 감각이 아주 뛰어난 사람이나 음악을 전공한 사람도 잘 못한다.

하지만 이건 연습하면 될 수도 있다.

그렇지만 절대로 둘을 동시에 연습해서는 안 되는 게 있다.

Surely goodness and love will follow me all the days of my life,
and I will dwell in the house of the LORD forever.

Psalms 23:6

1986년 봄, 대학 입시를 준비하던 나에게 드디어 아버지가 재즈 피아노 전공을 허락하셨다.

당시 아버지는 일본에서 일을 하셨는데, 그곳에서 재즈 아티스트에 대한 대우가 참 좋게 느껴지셨나 보다. 내가 음악을 하는 것을 항상 반대하시던 아버지가 허락을 하시다니 믿을 수가 없었다. 늘 좋은 대학, 좋은 과를 가야 한다는 중압감이 있었는데 재즈를 하게 될 줄이야. 정말 상상할 수 없던 일이었다.

어려서부터 음악을 좋아하고 혼자 연습도 하고 외국 연주자가 연주하는 것을 흉내도 내며 재즈의 꿈을 버린 적이 없는데 내가 음악을 하게 되다니 믿기지가 않았다.

어릴 적 논두렁길을 가면서 기도한 것이 유효했는지 모른다.

우리 호랑이 할머니는 내가 초등학교 3학년 때 남양주 덕소에 있는 유원지로 홀로 이사 가서서 구멍가게를 하셨다.

학교 다니다가 주말이면 교회 친구들과 시간을 보내곤 했는데 그 시간이 내게는 가장 큰 행복이었다. 그런데 무서운 우리 할머니는 하필이면 주말마다 나를 부르셨다. 심부름할 것이 너무 많아서 토요일에 가서 일요일에 오곤 했다.

학교가 일찍 끝나는 토요일이면 혼자 어김없이 청량리 도매상에 가서 과자나 건어물 등을 사서 상자에 담아 양손에 들고 165번 버스를 타고 한 시간 반을 가야 했다. 할머니 가게에서는 계란을 삶아서 팔기도 했다. 그 계란을 사러 양계장에 가는 일도 내가 주말마다 가서 해야 하는 일이었다.

양계장은 좁은 논두렁길을 왕복 한 시간 반 정도 걸어가야 하는 곳에 있었다. 심심하고 외로웠던 나는 그 논두렁길을 걸으면서 기도도 하고, 악기 없이 입으로만 '도-레-미-파-솔-라-시-도'를 부르면서 어설픈 작곡도 했다.

지금 생각해 보면 그것이 나에게 커다란 음악적 힘을 준 것 같다.

재즈란 즉흥으로 연주하는 것인데, 머리로 생각한 선율들이 손가락으로 표현되기는 쉽지 않아 많은 연습과 훈련이 필요하다.

논두렁길을 다니며 불렀던 계이름 노래들과 기도는 내가 재즈 연주자가 될 수 있는 원동력이었다.

아버지는 고등학교를 졸업하는 대로 일본으로 유학을 오라고 하셨지만, 큰 걸림돌이 있었다. 군사 정권 시대여서 아무나 여권을 만들 수가 없었다. 가족이 외국에 있다 하더라도 여권을 만들기가 매우 힘든 시절이었다.

결국 여권은 나오지 않았고, 내 일본 유학 꿈은 좌절되었다. 서둘러

대학 입시를 준비해야 하기 때문에 더더욱 낙심이 되었다. 그렇다고 하나님을 원망할 수는 없었다. 눈물을 흘리며 쓰디쓴 현실을 받아들였다.

당시 재즈를 가르치는 과는 거의 없었다. 일단 난 재즈공부에 조금이라도 도움이 될 것이라는 생각에 클래식 작곡과에 들어갔다.

거기서 여자친구를 사귀었다. 그리고 세 번째 만나는 날 나는 결혼하자고 했다.

물론 여자친구는 화들짝 놀랐다. 그리고 아무 말을 하지 않았다. 다행히….

'아무 말 안 하면 그건 승낙이다.' 어쨌거나 나는 그렇게 생각했다.

이쯤 되면 내가 얼마나 급한 성격인지 알 수 있을 것이다. 하지만 난 급한 게 아니라 추진력이 좋은 것이라 믿고 있다.

나는 곧바로 여자친구의 어머니를 찾아가 우리 식구들이 일본에 있으니 안심하시고 따님과 같이 유학을 갈 수 있도록 허락해 달라고 했다. 그랬더니 어머님이 딸을 닮으셨는지 딸이 어머님을 닮았는지, 아무 말씀도 안 하시고 삼겹살을 구워 주시면서 많이 먹으라고만 하셨다.

'아무 말 안 하는 것도 승낙이고, 많이 먹으라는 것도 승낙이다.' 어쨌거나 나는 그때도 그렇게 생각했다.

그 후 우리는 종로에 있는 일본어 학원을 열심히 다니며 공부를 했다. 국가에서 1년에 한 번 실시하는 '자비 유학 시험'을 통과해야 여권이 나왔기 때문이다.

우리는 한자도 많이 외우고 각종 모의 시험지를 풀면서 거의 1년 동안 일본어 시험만을 위해 준비하고 드디어 시험을 치렀다.

그런데 이게 웬일인가. 결과는 비참했다. 나는 붙고 여자친구는 떨어졌다. 최악의 상황이었다. 둘 다 붙거나 둘 다 떨어지면 덜할 텐데 한 사람만 붙으니 억울하기까지 했다.

이번에는 사실 하나님이 원망스러웠지만 이를 악물고 '하나님의 뜻으로 받아들이겠다'는 좀 가식적인 기도까지 했다.

그리고 한 1주일이 지났다. 앞으로 1년을 더 기다려야 시험을 다시 응시할 자격이 주어진다. 너무 억울했지만 마음을 가라앉히며 현실을 받아들이려 하는데, 꿈에도 생각지 못한 일이 일어났다.

학교 앞 분식점에서 짬뽕밥을 먹고 있었다. 텔레비전에 갑자기, 우리를 늘 "친애한다"던 그 대통령이 담화문을 발표했다.

"친애하는 국~민, 여러분,"

전 국민 해외여행 자율화!

꿈인지 생신지 분간이 안 되었다. 마치 바위에서 샘이 터지는 기적 같았다.

일 년을 더 기다려도 갈 수 있을까 의구심이 들었던 유학의 꿈이 이뤄지게 된 것이다. 그것도 여자친구와 같이 가게 되다니 영화에 나올 법한 일이 생긴 것이다.

좀 가식은 있었지만 감사하다고 기도한 것이 효과가 있었는지 내 생애에 잊지 못할 일이 일어난 것이다.

지금은 주민등록번호만 있으면 누구나 여권을 발급받을 수 있어 마음에 와 닿지 않을 수도 있겠지만, 겪어 본 사람들은 그때의 내 심정을 알 것이다.

그렇게 우리는 함께 일본으로 유학의 길을 떠났다.

일본 유학 생활은 무척 즐거웠지만 역시 유학생의 고충은 용돈 마련이었다.

일찍 커플이 된 우리는 더더욱 용돈이 많이 필요했다. 하지만 남자로서 부모님에게 용돈을 탄다는 것은 자존심이 걸리는 문제였다. 나는 틈틈이 한국에서 오시는 어른들을 나리타공항에 픽업하러 다니면서 약간의 용돈벌이를 했다.

어느 날 친한 선배가 한국에서 어떤 어른을 모시고 왔다. 한국에서 아주 유명한 점술가였는데, 공항에 픽업 나온 것이 고맙다며 공짜로 내 미래를 점쳐 주겠다고 했다. 선배는 내가 교회 다니는 것은 알았지만 이 사람한테 점을 보려면 비싼 롤렉스 시계 하나는 사 줘야 한다며 나를 설득했다. 주저 없이 나는 그리스도인이라 밝히고 정중히 사양했다.

그리스도인이라는 사실도 작용했지만, 문득 이모가 해 주었던 이야기가 생각났기 때문이다.

늘 괴짜였던 이모는 이모부가 운수업을 할 때 사흘이 멀다 하고 사고가 나는 바람에 많은 어려움을 겪었다.

어느 날, 이모가 친구의 집요한 설득에 끌려가다시피 점집에 가게 되었다. 이모는 평소에 그런 것을 절대 믿지 않은 터라 점집에 들어서는 순간에도 기분이 좋지 않았다고 한다.

한두 시간을 기다려 드디어 차례가 되었다. 친구와 같이 점을 보러 들어갔다. 점치는 사람이 쌀알을 몇 개 굴리고 이모의 관상을 보더니 이렇게 얘기를 꺼냈다.

"으이구, 남편이 손으로 밥 벌어 먹고사는구먼. 손으로 밥 벌어 먹어…."

순간 같이 갔던 이모의 친구는 운수업을 하는 이모부를 떠올리며 너무 놀라 납작 엎드렸다. 신통하다며 눈이 휘둥그레졌다. 그런데 우리 괴짜 이모는 점치는 사람에게 이렇게 얘기하고 문을 박차고 나갔다.

"아~니, 축구 선수 아닌 다음에야 전부 손으로 밥 벌어 먹고사는 거 아니에요?"

귀에 걸면 귀걸이 코에 걸면 코걸이라고, 그 점쟁이는 우리 이모 화만 더 돋우었다. 물론 축구 선수 중에도 손으로 밥 벌어 먹고사는 골키퍼라는 직종이 있기는 하지만, 역시 우리 이모답다.

내게는 이런 피가 흐르나 보다.

한국의 많은 유명인사들이 앞일을 가르쳐 달라고 부탁하는 사람을 대놓고 거절했으니 그 어른도 자존심이 좀 상했을 것이다.

일주일 후 그 어른은 귀국했다. 그 후 선배가 머뭇거리면서 꼭 할 얘기가 있다며 나를 자기 집으로 불렀다. 그 점술가 어른이 가면서 내 미래를 선배한테 얘기했다는 것이다.

선배는 내 의견은 묻지도 않고 얘기를 꺼냈다.

"윤찬아, 너 지금 사귀고 있는 여자친구와 무조건 헤어져야 된다. 그리고…." 선배는 말을 더듬었고 담배를 꺼내 물었다.

선배가 뭔가 숨기는 것 같아 점점 궁금했다.

"그냥 얘기해 보세요."

선배는 담배를 피우고 또 피우더니 마침내 입을 열었다.

"너 일찍 죽는다고 한다. 그것도 3년 안에 심한 당뇨병이 와서 죽는데. 지금 사귀는 여자친구는 너에게 맞지 않을 뿐 아니라 이 사실을 알고 곧 너를 떠날 테니 괜히 상처받지 말고 헤어지라고 하면서 그분이 한국으로 돌아갔다."

3박자   4박자

"……"

할 말을 잃었다. 그 어른이 적중시켰다는 사례들을 너무 많이 들었기 때문일까. 속으로는 충격이었다.

나는 곧바로 문을 박차고 나와 집으로 향하며 큰 소리로 외쳤다.

"하나님! 사람을 두려워 하면 올무에 걸리지만 하나님을 의지하면 안전하다고 말씀하신 하나님, 하지만 저는 지금 두렵습니다. 하나님, 그 어른이 한 말이 헛된 것임을 보여 주세요."

간절히 기도했다. 어린아이처럼 기도하며 모든 것을 맡기려고 노력하였다.

"여호와께서 그에게 이르시되 너는 안심하라 두려워하지 말라 죽지 아니하리라 하시니라"(사사기 6장 23절)

그 여자친구는 나의 사랑하는 아내가 되었고, 물론 나는 아직 살아 있다.

세상 대부분의 음악은 3박자이거나 4박자다.

물론 2박자의 곡들도 있는데 대개 군가에 많이 쓰인다. 음악의 90퍼센트 이상은 3박자나 4박자로 이루어져 있다.

한 마디에 박자가 세 개(♩♩♩)냐 네 개(♩♩♩♩)냐에 따라 음악의 느낌은 확연히 달라진다.

그런데 이 3박자와 4박자를 동시에 세면 어떨까?

다시 말해, 한 마디에 3박자와 4박자를 동시에 세면서 치는 것이다. 한번 해 보자.

먼저 왼손바닥으로 천천히 3박자를 책상이나 무릎을 계속 반복해서 쳐 본다. 하나, 둘, 셋 계속 반복하면서 한 1분 정도 쳐 본다.

자, 이번에는 왼손은 쉬고 오른손바닥으로만 똑같이 4박자를 하나, 둘, 셋, 넷 하면서 계속 쳐 보자. 연습한 두 가지를 이번에는 양손바닥으로 왼손은 3박자, 오른손은 4박자를 세면서 쳐 보자.

주의사항이 있다. 왼손 3박자를 치는 동안에 오른손 4박자를 끼워넣어 동시에 쳐야 한다. 한 손으로 삼각형을, 다른 한 손으로 사각형을 동시에 그리는 게임과 비슷하다.

다시 한 번 집중하고 혼신을 다해 해 보자.

잘되는가?

여태껏 지켜봤지만, 리듬 감각이 아주 뛰어난 사람이나 음악을 전공한 사람도 잘 못한다.

하지만 이건 연습하면 될 수도 있다.

그렇지만 절대로 둘을 동시에 연습해서는 안 되는 게 있다.

삼위일체 하나님을 3박자로, 세상의 부와 인기, 명예, 이념 같은 것을 4박자로, 둘을 절묘하게 동시에 소유하려고 무진 애쓰는 사람들이 있다. 신앙 좋다는 사람들 중에도 그렇게 하려는 사람들이 많다.

그러나 우리는 둘 중 하나만 선택해야 한다. 그렇게 되어 있다.

이것은 불행이 아니라 축복이다.

삶이냐 죽음이냐의 문제이기 때문이다.

아무리 훈련해도 둘 다 가지려 하면 실수의 연속과 좌절과 허무만 남는다.

예수님이 왜 이런 말씀을 하셨는지 조금씩 이해가 된다.

"한 사람이 두 주인을 섬기지 못할 것이니 혹 이를 미워하고 저를 사랑하거나 혹 이를 중히 여기고 저를 경히 여김이라. 너희가 하나님과 재물을 겸하여 섬기지 못하느니라"(마태복음 6장 24절)

"내가 네 행위를 아노니 네가 차지도 아니하고 뜨겁지도 아니하도다. 네가 차든지 뜨겁던지 하기를 원하노라"(요한계시록 3장 15절)

내가 그 점술가 어른의 점을 믿었다면, 나는 그 이후로 하나님에게서 멀어졌을지도 모른다. 물론, 사랑하는 아내와도 맺어지지 못했을 것이다. 그리고 지금의 나도 없을 것이다.

책이라곤 달랑 성경책 하나 가지고 갔는데

하필 성경 속에 '한나'라는 여인이 아이를 가지지 못해

하나님께 아이를 갖게 해 달라고 서원 기도하는 부분을 읽었다.

기분이 묘했다.

This is how God showed his love among us:
He sent his one and only Son into the world
that we might live through him.

1John 4:9

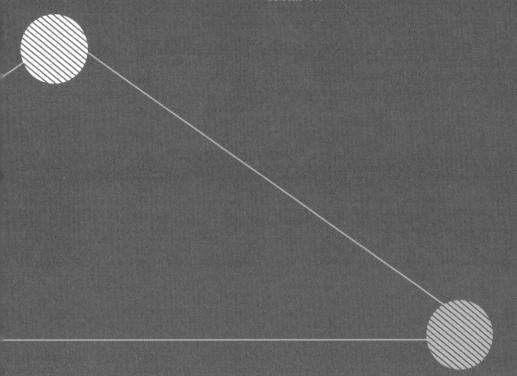

'누마스'의 서원

7년을 연애하고 청천벽력 같은 소리도 이겨 낸 우리는 결혼에 골인했다. 그리고 미국으로 유학의 길을 떠났다.

떠나는 해에 갑자기 아버지가 실직을 하시는 바람에 힘들게 가게 되었지만, 그래도 잘 견디며 음악 공부를 했다. 2세 계획은 아직 남은 학업 때문에 뒤로 미루고 재즈의 본고장에서 충실히 삶을 꾸렸다.

공부도 많이 했지만 여가도 즐기며 나름 행복한 생활을 했다. 같은 또래 젊은 부부들과 여행도 많이 다녔기 때문에 주말이 늘 기다려졌다. 일찍 아이를 낳은 부부들은 아이를 데리고 같이 어울렸는데 그 모습이 참 보기 좋았다. 결혼 3년 후쯤 되니 우리 부부에게도 아이가 생기면 좋겠다는 생각을 조금씩 하기 시작했다.

하지만 이상하게도 5년이 지나도록 아기가 생기지 않았다. 그리고 그 상태로 결국 귀국을 하게 되었다.

한국에 와서도 아기는 생기지 않았다. 한 사람에게라도 이상이 있

는 건 아닌가 싶어 병원에도 같이 가서 진찰을 받았지만 다행히 둘
다 아무 이상이 없었다.

그러나 7년이 지나도 아이가 생기지 않았다. 무척 초조해지기 시작
했다.

이미 그때 우리는 34살 동갑이었다. 이제 기도를 어떻게 하는 게 옳
은 것인지 서로 묻게 되었다. 그냥 이대로 포기해야 하는 것인가….
길을 가다가 유모차에 눕혀져 엄마와 지나가는 아기를 보며 미소
지으며 귀여워하던 아내의 모습이 지금도 생생하다. 좋다는 약을
먹어도 보았지만 아무런 소용이 없었다.

그러던 중 아내가 드디어 임신했다. 결혼 후 8년 만의 일이었다. 난
너무 기분이 좋아 친구들을 불러 갈비를 사며 한턱을 단단히 냈다.
이제 드디어 아빠가 된다고, 사방에서 축하 메시지가 날아들었다.
8년 만에 생긴 아기여서 나는 남다르게 호들갑을 떨었다.

마치 내가 다시 태어난 기분이었다. 그런데 그 기쁨도 잠시뿐이었
다. 아내는 일주일 만에 유산을 했다.

어떻게 일을 수습해야 할지 앞이 막막했다. 나보다 더 큰 상처를 받
은 아내를 어떻게 위로해야 할지 몰랐다.

그 후 아기는 다시 쉽게 생기지 않았다. 아내는 좌절한 듯 보였지
만, 우리는 그래도 하나님을 의지하기로 했다. 아이를 갖게 해 달라
고 기도했지만 '그리 아니하실지라도' 원망은 하지 않기로 맘을 먹
었다.

점점 더 아이를 좋아하는 아내를 보며 나는 어떻게 해야 할지를 몰
랐는데, 갑자기 한 가지 아이디어가 떠올랐다. '키즈 카페 데이지
(Kids Cafe Daisy)'라는 것을 서울에 있는 도산공원 앞쪽에 조그맣게 차

리기로 했다. 그것은 부모가 어린아이와 같이 와서 아이를 놀이방에서 놀게 하고 아이를 지켜보면서 차를 마시는 신개념의 카페였다.

이것은 순전히 아내와 나의 아이디어였는데, 특색 있는 카페로 언론에 소개되면서 많이 알려지기 시작했다.

아내의 맘을 조금이라도 다른 곳에 쏟게 해 주고 싶어서 만든 카페였다.

그러나 생긴 지 6개월이 지나자 근처에 비슷하게 흉내 낸 카페 3개가 생기더니 곧 전국으로 확산이 되고 급기야 백화점에까지 생겨났다. 지금은 전국에 수백 개는 되는 것 같다. 결국 우리 카페는 문을 닫았다. 하지만 아내와 백화점에서 키즈 카페를 볼 때마다 우린 망했어도 큰일 했다는 마음에 흐뭇해진다.

그렇게 지내다가 아내가 나에게 큰 제의를 했다. 결혼 10주년 기념으로 몰디브로 여행을 가자는 것이었다.

당시 몰디브는 많이 알려지지 않은 곳이었다. 그곳에 가기 위해서는 몇 달 전에 미리 대금을 선불로 지급해야 했다. 직항 비행기도 없어서 싱가포르에서 몰디브 행 비행기를 갈아타고 또 보트로 30분을 더 가야 했다.

난 원래 휴양지를 별로 좋아하지 않아 머뭇거렸지만 혹시나 아기를 주시려는 하나님의 뜻이 아닐까 싶어 아내의 임신가능 기간을 잘 계산하여 가기로 했다. 아내는 원래 생리 주기가 매우 불규칙하였는데 평균 기간을 잘 계산하여 날짜를 정한 후 몰디브의 리조트에 직접 대금을 송금했다.

한국은 8월이 되어 무더워지고 갈 날은 점점 다가오고 있었다.

그런데 가슴을 설레며 기다리던 우리에게 큰일이 생겼다. 아내가 60일 만에 생리를 하는 바람에 완전히 임신 불가능 기간에 가게 된 것이다.

몇 번이고 날짜를 변경해 달라고 리조트 측에 요구했지만 날짜가 임박해 불가능하다는 연락만 받았다. 앞이 노래졌다. 우리는 어차피 생기지 않는 아이인데 그냥 단념하고 여행이나 즐기자고 작정하며 정해진 날짜에 몰디브를 향해 떠났다.

몰디브는 1,200개가 넘는 산호섬들로 이루어진 나라인데, 싱가포르에서 서쪽으로 4시간 정도 비행기를 타고 가야 나오는 곳이었다.

드디어 몰디브 공항에 내렸다. 참 재미있게 생긴 문자를 사용하는 곳이었다. 공항도 그냥 조그만 섬 하나에 있어 활주로와 약간의 공항 시설 외에는 아무것도 존재하지 않았다.

그곳에 도착하니 리조트마다 손님을 데려오기 위해 보낸 작은 보트들이 있었다. 우리를 마중 나온 보트는 그중에서도 매우 작았다. 난 사실 수영을 할 줄 모른다. 보트를 보자마자 겁이 났다.

우리를 태운 보트는 시속 60km가 넘는 속도로 바닷물을 가르며 리조트를 향해 질주했다. 그러기를 30여 분, 드디어 리조트에 도착했다. 보트로 오는 도중 이미 해는 지고 깜깜한 어둠이 밀려와 아무것도 보이지 않아 좋은 곳이라는 생각이 전혀 들지 않았다.

그러나 환한 얼굴로 반기는 직원들과 친절한 안내원들은 우리 부부를 바닷가 바로 앞의 방갈로로 안내했다. 그 방문 앞에는 '누마스(Noomas)'라고 쓰인 팻말이 있었다.

나중에 알고 보니 그곳은 방마다 고유의 이름들이 있었다. '누마스'는 물고기 이름이었다.

짐을 풀고 샤워를 했다. 개미가 종아리로 자꾸 올라오고 벽에서 이상한 소리가 났다. 좀 음산해서 빨리 씻고 텔레비전이나 보고 일찍 자기로 했다.

그런데 이게 웬일인가! 텔레비전이 없는 것이었다. 인터넷이 있는 것도 아니고 휴대폰 로밍이 되는 것도 아니고, 그야말로 바닷물과 지내는 게 전부였다.

그렇게 5박 6일을 지낼 생각을 하니 벌써 집에 가고 싶어졌다.

피곤했지만 잠을 설쳤다. 원래 침대에 등만 대면 잠 속으로 빠져드는데 말이다.

드디어 아침이 되고 눈을 떠 보니 갑자기 눈앞에 엽서에서 보던 풍경이 펼쳐졌다. 이루 말로 표현할 수 없는 아름다움 그 자체였다.

자, 이제부터 할 수 있는 일은 수영뿐이다. 다시 말하지만 난 수영을 못한다. 구명조끼를 입어도 이상하게 가라앉는다. 몸도 무겁지 않은데 왜 가라앉는지 이해할 수 없지만, 그렇다고 안 입으면 더 무섭고 해서 구명조끼에 물안경, 오리발까지 갖추었다.

그렇게 싫은 바닷물에 '무좀이라도 낫겠지' 하는 생각으로 얕은 곳을 수영하는 척 걸어 다녔는데 하필 우리 방 앞의 바닷물 밑에는 해삼이 즐비하게 깔려 있어 걷기도 편치 않았다. 가끔 가오리가 종아리를 건들거나 하면 아내는 기겁을 했다. 전날 스노클링을 신청했지만, 왠지 깊은 바다에 산소통을 끼고 들어가는 게 겁이 나서 잠도 오지 않았고 무서워서 결국 포기했다.

몰디브에서 할 수 있는 일은 수영 외에는 먹는 것과 책을 읽는 것뿐이었다. 먹는 것은 전부 그곳에서 생산한 유기농이었고 그 바다에서 나는 생선들은 말 그대로 자연산이었다. 먹는 것만 아니었다면 바로 다음날 한국으로 돌아가자고 했을 것이다.

책이라곤 달랑 성경책 하나 가지고 갔는데 하필 성경 속에 '한나'라는 여인이 아이를 가지지 못해 하나님께 아이를 갖게 해 달라고 '서원' 기도(이행을 전제로 한 하나님과의 약속) 하는 부분을 읽었다. 기분이 묘했다. 그렇게 5일을 지내고 드디어 한국으로 돌아가니 무척 기분이 좋았다. 오히려 다시 여행을 떠나는 것처럼 가슴이 설레었다.

기념품이라도 하나 사 가는 게 좋을 것 같아 리조트에 있는 기념품 가게에 들렀다.

마침 우리가 묵고 있는 방문 앞에 붙어 있던 '누마스'라는 나무로 만든 작은 팻말이 눈에 들어왔다. 이것을 방 키홀더로도 사용해서 5박 6일 동안 늘 지니고 다녔는데 좀 비싸지만 30달러에 샀다.

다른 것은 살 게 없고 나중에 혹시 우리에게 아이라도 생긴다면 이곳에 꼭 한 번 데리고 오자(아이는 꼭 수영을 가르쳐서)며 기념으로 키홀더를 샀다.

사 온 키홀더를 우리 방 문고리에 걸어 놓았다.

한참 동안 정신없이 지낸 후 아내가 혹시나 하는 생각에 약국에서 파는 임신 테스트기로 한번 테스트를 해 보겠다고 했다. 난 미안한 마음에 말리지 않고 그냥 내버려두었다. 원래는 한 줄이고 한 줄이 더 생기면 아기가 생긴 것인데, 결과가 어땠을까?

당연히, '줄'은 생기지 않았다. 어떻게 임신 기간도 아닌데 아기가 생길 수 있겠는가. 아무리 간절히 원한다고 해도 아내는 왜 자꾸 맘 상하는 테스트를 하려는지 도무지 이해가 되지 않았다.

결과가 안 좋게 나오자 아내는 그 테스트기를 힘껏 쓰레기통에 내팽개쳤다.

여태껏 수도 없이 테스트를 해 보았지만 그렇게 신경질적인 경우는 단 한 번도 없었다. 나는 매우 당황스러웠다. 아내는 손을 씻으러 욕실로 서둘러 들어갔다. 지금 와서 생각해 보면 아마 우는 모습을 나에게 보이지 않으려 했던 것 같다.

나는 무심결에 쓰레기통에 처박힌 테스트기를 손에 들고 창문 밖 하늘을 향해 비추었다. 그리고 정말 어린아이처럼 기도했다.

"하나님, 선(線)을 보여 주세요! 제발요!"

내가 생각해도 좀 웃기는 기도였다. 난 사실 신비주의적인 일만 쫓아다니는 그리스도인들에게 그러지 말라고 여러 차례 권면한 적이 있다. 그런 나도 많이 약해지고 있었다. 이제는 포기라는 말을 대신할 용어가 생각나지 않았다.

아이가 없는 것보다 그로 인해 더 큰일들이 올 것 같은 생각도 들었다. 창문 앞에 서 있는 잠시 동안 내 몸은 얼음이 되어 버렸다. 원망 섞인 내 시선은 테스트기를 향하고 있었다.

그런데 이상했다.

선이 보이는 것 같았다. 이제 드디어 내가 오락가락하는가 보다. 너무 밝은 하늘을 향해 봐서 안에 숨어 있는 선이 살짝 비췄다고나 할까.

마침 방으로 들어오는 아내에게 말했다.

"혹시 선이 희미하게 보이지 않아?"

"보이긴 뭐가 보여!" 아내는 화가 난 눈으로 흘깃 보더니 퉁명스럽게 대꾸했다.

이튿날, 나는 전날의 일들이 좀 이상하게 느껴져 아내에게 한 번 더 테스트를 해 보라고 했다. 그런데 이게 웬일인가!

"선!"

'선'이 보이는 것이었다.

우리는 너무 놀랐지만 또 호들갑을 떨어서는 안 된다는 생각에 아무한테도 이야기하지 않고 다음날을 기다렸다.

드디어 다음날 병원을 찾은 우리는 생애 최고로 기가 막힌 일을 맞이했다.

아기가 생긴 것이다. 의사가 계산해 준 대로라면, 몰디브에서, 바로 그 '누마스'에서 생긴 것이다.

그때는 임신이 완전히 불가능한 기간이었음을 기억하는가.

의사도 이런 경험은 처음이라고 했다.

기적이라고밖에 달리 말할 수 없는 이 엄청난 일이 우리에게 생겼던 것을 떠올리면, 이 글을 쓰는 지금도 떨린다.

아기는 엄마 뱃속에서 무럭무럭 자랐다.

초음파 사진을 보면 머리가 좀 커 보이기도 했지만 두상이 나를 닮지 않아 무척 예뻤다.

나는 아내의 불룩한 배에 손을 얹고 늘 기도해 주고, 가스펠 〈주의 영광 이곳에 가득해〉를 불러 주었다. 물론 내 음악도 들려 주었지만 아기에게 특히 들려 준 것은 가스펠이었다.

딸을 바랐지만 혹시 아들일지도 모르니 약간 중성적인 이름을 지어야겠다고 생각했다. 그 이름이 '곽서원'이다.

기억하는가? 내가 몰디브에서 성경의 '한나의 **서원** 기도' 부분을 읽고 기분이 묘했다고 한 것 말이다. 하나님은 그곳에서 아이의 이름까지 예비하셨다.

만삭인 아내는 새로운 호흡법을 도입하여 가능하면 산모가 자연분만을 하도록 호흡 훈련을 시키는 병원을 다녔다.

아내도 그 방법을 선택하고 매번 집에서 헤드폰을 끼고 병원에서 알려 준 음악을 들으면서 호흡 훈련을 했다.

분만 예정일을 하루 앞두고 나는 아내와 함께 병원에 갔다.

예정일 하루 전인데도 아무런 진통이 느껴지지 않은 아내가 차 안에서 호흡 운동을 하겠다며 그 음악을 틀어 달라고 했다.

여태 아내가 듣고 훈련한 그 음악을 나는 그때 처음 들었다. 화들짝 놀랐다.

분명 어떤 메시지가 담긴 음악이었다. 평소 그런 음악에 관심이 많은 터라 가사가 없더라도 알 수 있었다.

빨리 끄라고 했지만 출산을 앞둔 산모에게 스트레스를 줄까 봐 더 이상 강요하지는 못했다.

그런데 병원에 도착해 주차를 하는데 아내가 갑자기 울기 시작했다.

왜 우냐고 물으니, 아이를 가지면 다 그러는 거라고 했다.

아니, 다른 사람이라면 모르겠지만, 10년 만에 기적같이 가진 아기를 볼 날이 내일인데 울다니. 그것도 다가올 산통이 무서워서가 아니라, 아이를 가지면 다 그러는 거라니, 이건 분명 우울증 전조인데, 난 이해가 되지 않았다.

나는 다 그러는 게 아니라 바로 그 음악 때문이라고 아내에게 말했다.

진료실에 들어섰다. 의사가 분만 대기실에 같이 들어가서 대기하라고 했다.

많은 산모들이 침대에 누워 대기하고 있었다. 간호사가 내 아내도 침대에 눕히더니 아기가 빨리 나오게 한다는 주사를 놓았다. 침대 옆에서 음악도 틀어 주었다.

'이건 아까 그 음악 아닌가?' 당황스러웠다.

한 곡이 계속 반복해서 나왔다. 정말 끄고 싶었다. '저 곡을 지금부터 얼마나 들어야 한단 말인가….'

나는 침대 곁에서 기도했다. '하나님 저 음악으로 아기를 낳게 하지 말아 주세요.'

생각해 보라.

한 곡을 17시간 동안 듣는다면, 그것도 좋지 않은 메시지가 있다고 늘 주장하던 음악을 그렇게 반복해서 듣는다면 어떨지.

그건 음악이 아니라 마취제다.

그러는 동안 날짜가 바뀌고 예정일이 되었다.

그런데 주사도 소용없었다. 진통은 안 오고, 아기가 나오려는 기미도 없고, 양 옆에서는 다른 산모들의 욕이 섞인 비명이 서라운드로 들리고, 거기에 똑같은 음악까지 언밸런스하게 뒤섞여 계속 들렸다. 나는 거의 반 제정신이 아니었다.

간호사가 달려오더니 다급하게 얘기했다. "산모님 빨리 수술해야겠어요! 죄송합니다. 자연분만은 힘들겠어요. 태아의 심장이 너무 빨리 뛰어요!"

태아가 뱃속에서 양수를 다 먹어 버려 양수가 모자란다는 것이다.

그래서 빨리 수술할 수밖에 없다는 것이다.

놀랐지만 묘하게도 은근히 반가운 마음도 들었다.

'하나님 감사합니다. 저 음악으로 낳지 않게 해 주셔서….'

나는 대기실에서 분만실에 들어간 아내와 아기를 기다렸다. 잠시 후 간호사가 아기를 바구니에 담아 밀고 나왔다.

"곽서원 보호자 님."

드디어 나에게 아기가 생겼다!

아들이었다. 방금 태어나서 그런지 많이 못생겨 보였다. 나오기 전에 실컷 마셔서인가?

서원이는 4.1kg으로, 그때 병원에서 제일 큰 신생아였다.

대기실에서 기다리고 있던 많은 사람들도 내 아기를 같이 봤다. "아이~ 예뻐라~" 하는 사람은 하나도 없었다. 그냥 "이야~ 아기네"였다.

고대하던 딸도 아니고 사람들 반응도 시원찮았지만, 내 속에서는 기쁨이 넘쳤다.

못생긴 아들(지금은 반대다), 넌 내 아들 '곽서원'이다!

도-레-미-파-솔-라-시가 있다. 여기서 '파'는 재즈용어로

'어보이드 노트(Avoid Note)'라고 한다.

다른 음들은 같이 울리게 하여 화음을 이룰 수 있지만 '파'음은 절대로 같이 울려

화음을 이루면 안 되는 피해야 할(avoid) 음이라는 뜻이다.

그리고 우리가 무심코 듣는 음악 중에도 우리의 정신에 이롭지 않은,

피해야 할 음악이 있다. 주의! 피하시오!

I am the good shepherd.
The good shepherd lays down his life for the sheep.

John 10:11

퀴즈. "아침에 주의 인자하심이 우리를 만족하게 하사 우리를 일생 동안 즐겁고 기쁘게 하소서"(시편 90편 14절). 이 시편 기도는 누구의 것 일까?

다윗의 기도? 성경적 지식이 나 같은 수준에는 다윗이 최선의 답 이다.

하지만 아니다. 모세의 기도다.

그런데 지팡이를 든 할아버지 모습의 모세와 위의 구절은 좀 안 어 울린다. 이집트에서 노예 생활하던 이스라엘 백성을 이끌고 갈라진 홍해를 건너 가나안 땅 앞까지 이끌고 하나님과 직접 대면했던 모 세가 일생 동안 즐겁고 기쁘게 해 달라는 기도를 했다는 것이 나로 서는 상상이 가지 않는다.

여러분은 어떤가? 아침에 일어나면 신실한 그리스도인은 기도를 하 고 말씀을 묵상하지만 보통은 신문을 보거나 인터넷을 켜고 차를 한 잔 할 것이다. 또 어떤 사람들은 5분이라도 더 잠을 자고 바로 씻고 나가면서 일상을 시작한다.

그러나 기도로 하루를 시작했던 아니든, 대부분의 사람들이 아침을 열며 즐겁고 기쁜 하루가 되기 위해 한 가지 공통적으로 하는 것이 있다.

음악이다.

집에서 차 한 잔을 하면서 음악을 틀어 놓거나 차에 타자마자 음악을 틀고 길을 가면서도 듣는다. 출근을 해도 아침을 여는 잔잔한 음악이 스피커에서 흘러나온다. 주로 아침과 어울리는 음악은 힙합이나 댄스곡들보다는 잔잔한 음악들인데 근래에 와서는 클래식보다는 소위 뉴에이지 음악들이 아침을 장악했다.

뉴에이지 음악이란 힌두사상이나 범신론적인 것을 추구하는 장르라고 할 수 있는데 본격적으로 시작된 것은 1980년대부터다. 이런 음악에는 어떤 메시지나 의도가 담겨 있는데, 우리가 아침에 듣는 잔잔한 음악들이 모두 뉴에이지 음악은 아니다. 그러나 안타깝게도 이런 음악을 듣거나 듣지 않으려고 해도 그것을 구별하기란 매우 어렵다.

음악을 전문으로 하는 뮤지션이라도 힘이 든다. 이 음악을 만든 의도를 어떻게 알 수 있겠는가? 가사를 보면 조금 알 수도 있겠지만 외국어인 경우가 많으니 살짝만 평화롭게 포장해 놓아도 알기가 매우 어렵다. 장르가 어떻게 분류되어 있는지를 보면 되겠지만, 우리 음반사들은 잔잔한 피아노 음악들이나 악기가 많이 나오지 않는 소품곡들, 태교에 어울리는 곡들, 명상에 어울리는 곡들, 아침에 어울리는 곡들, 또 자연에 어울리는 곡들, 우주와 어울리는 곡들 등 딱히 분류가 애매한 것들은 몽땅 뉴에이지 음악으로 분류한다.

실제로 이런 쪽에 뉴에이지 음악들이 많이 있기는 하지만, 정말 감수성 풍부하고 발라드 음악을 탁월하게 잘하는 뮤지션이 이 장르로 분류되는 것이 싫어도 딱히 마땅한 장르가 없어서 어쩔 수 없이 도매금으로 '뉴에이지 음악'으로 넘어가게 되는 것이 현실이다.

그래서 요즘 내가 새로운 용어로 'ACombine Music(Acoustic + Combine)'이란 것을 만들어 알리려 하고 있지만, 나 같은 사람 한 명이 새로운 장르를 만든다고 해서 바뀔 리는 없을 것이다.

잔잔한 음악 자체가 나쁜 것은 결코 아니다. 문제는 의도가 숨겨진 음악들인데, 아마 이 글을 읽는 이들 중에는 "아니, 음악 속에 의도가 있다고 해서 애도 아닌데 넘어가나? 음악이 아니라 아무리 듣기 좋은 말로 선거 공약을 해도 넘어가지 않는 게 난데 말이야!"라고 할 수도 있겠지만 우리 인간은 나약하다. 그리고 음악에는 실로 어마어마한 힘이 있다.

영화를 보면 이해할 수 있을 것이다. 별 내용 없는 영화도 음악을 통해 스릴 있거나 무서운 영화로 편집할 수 있고 슬프게 만들 수도 있다. 옛날 감동적으로 봤던 명화 DVD들을 세일하는 가판에서 몇 개 사서 집의 소파에 편안히 앉아 큰 화면의 벽걸이 텔레비전으로 봐도 옛날과 같은 감동이 느껴지지 않는다. 왜냐하면 일단 음악이 좋다 하더라도 사운드가 좋지 않고, 꼭 음악이 들어가야 하는 곳에 음악이 안 들어가 있거나, 명곡이라 해도 옛 음향 기술로는 음악이 잘 표현되어 전달되지 않기 때문이다. 만일 찰리 채플린의 무성 영화에 영상은 그대로 두고 현대적인 사운드의 음악을 입힌다면 아마 미스터 빈의 우스꽝스러운 소동이 비행기 기내에서 사라질 수도 있다.

내 친척 중 영화가 완성되기 전에 색을 보정하거나 문 여는 소리나 자동차 소리 같은 효과음을 장면에 맞게 입히는 작업(그런 작업을 전문으로 하는 사람을 Foley Artist라고 한다)을 하는 회사대표가 있다. 어쩌다 그 회사에 방문하면 아직 개봉되지 않은 좋은 영화라며 보여 줄 때가 있다. 그런데 그런 영화는 10분을 보기가 힘들다. 음악이 아직 들어 있지 않기 때문이다. 실로, 음악이 빠진 영화나 드라마는 설탕 빠진 아이스크림 같다.

서원이가 뱃속에 있을 때, 만삭의 아내를 울게 만들었던 그런 메시지 음악은 왜 피해야 할까?

누구나 접하는 음악이고 음악의 힘이 좋은 쪽에 사용되느냐 나쁜 쪽에 사용되느냐에 따라 삶과 죽음까지 오갈 수 있으니, 조금 전문적인 용어가 나오더라도 인내심을 갖기를 바란다.

도-레-미-파-솔-라-시가 있다.

여기서 '파'는 재즈 용어로 *어보이드 노트(Avoid Note)라고 한다.

다른 음들은 같이 울리게 하여 화음을 이룰 수 있지만 '파'음은 절대로 같이 울려 화음을 이루면 안 되는 피해야 할(avoid) 음이라는 뜻이다. 예를 들어 '도-레-미-솔'을 동시에 울리게 하면 어울리는데 '도-미-파-솔'을 동시에 울리게 하면 누구나 이상한 느낌을 받는다.

안 좋은 메시지가 들어 있는 음악들이라고 이런 피해야 할 음들을 티 나게 사용하는 것은 아니다. 대신 어보이드 음인 '파'를 반음 올려 '파#'을 울리는 식으로 살짝 비틀어 사용한다. 그러면 소리가 매

어보이드 노트
Avoid Note
재즈에서 코드음이 아닌 것은 텐션 노트(불협이면서 어울리는 음)와 어보이드 노트로 나뉠 수 있는데, 어보이드 노트는 절대로 코드음과 같이 어울리는 것을 피해야 하는 음이다.

우 밝아진다.

비슷한 예로, 클래식에서도 '라-도-미'의 마이너 곡이 끝날 때, '도'를 반음 올려서 메이저인 '라-도#-미'로 끝나는 경우가 많다. 이를 '피카르디 3도(Picardy third)'라고도 하는데, 3음을 반음 올려 #이 되게 하여 해피엔딩으로 마치려는 의도다.

요즘 나오는 드라마나 영화들은 그렇지 않은 경우도 많지만, 예전에는 거의 다 선이 이기고 악이 망하는 해피엔딩이었다. 음악도 이렇게 해피엔딩을 하는 이유는 우리의 결말은 천국 혹은 예수님의 재림을 의미하는 것이 과거에는 많아서였다고 생각할 수 있다. 지금은 그렇지 않지만 음악이 발달한 나라는 과거에 거의가 기독교 국가이거나 또는 기독교 문화가 근간을 이루는 나라였다. 재즈도 예외는 아니다. 흑인 재즈 뮤지션들은 주로 음악을 교회에서 시작한 사람들이 대부분이었다. 특히 미국의 경우는, 과거에 그리스도인들이 많아서 그랬는지 *재즈 스탠더드에 기독교적인 제목들이 참 많다.

아무튼 #이라는 것은 올라간다는 의미여서 좋은 쪽으로 느끼게 하고 b은 내려가는 의미로 어둡거나 안 좋은 쪽을 나타낸다. 우리가 기분이 좋을 때 업(Up) 된다고 얘기하고 나쁠 때 다운(Down) 된다고 얘기하듯이, 대부분 좋은 쪽은 올라가는 것이고 안 좋은 쪽은 내려가는 것이다. 그런데 음악에서 밝고 좋은 의미의 #을 계속적으로 반복하면 어떤 희한한 현상이 일어나는데 이것을 이용하는 것이 바로 메시지가 들어 있는 안 좋은 음악의 한 예다.

제2차 세계대전 당시 군대에서는 군사기밀을 빼내려고 적군 장교를 잔인하게 고문하는 시도들을 많이 했다. 그중에 24시간 온통 하얀

재즈 스탠더드
Jazz Standards
재즈가 생긴 이후 유행했던 명곡들. 그리고 그 악보를 모은 리얼북(Real Book)은 마치 재즈의 바이블(bible)과 같은 존재다.

고 밝은 곳에 적군을 오랫동안 가두어 놓는 방법이 있었다. 그러면 나중에 갇혔던 장교가 정신이 이상해져 기밀을 털어놨다고 한다.

강이 내려다보이고 경관이 좋은 아파트에서 실내를 온통 하얗게 해 놓으면 거기 사는 사람들이 우울증에 잘 걸린다는 것과 비슷한 이치다. 사람이 밝은 태양을 잘 쳐다볼 수 없는 것처럼 사람은 아담과 하와의 범죄 이후 눈이 어두워지고 정신적, 육체적 변화가 생겨 밝은 것을 받아들이기가 쉽지 않게 되었다. 선은 잘 안 받아들이고 악을 받아들이는 속도는 정말 빠르다. 그래서 밝은 것을 계속 주입하게 되면 사람이 서서히 병들어 가게 되는데, 이것을 음악에 사용한 것이 있다.

이 음악은 어보이드 노트를 반음 올린 음계(Mode)를 사용하는 것이다. 여기에 같은 패턴의 음악을 계속 반복시키면 극도로 좋지 않은 정신적 영향을 줄 수 있다. 그렇게 음악 패턴을 계속 반복하는 것을 음악 용어로 루핑(Looping)이라고 한다.

그럼 왜 반복할까?

외국의 대형 쇼핑몰에 가 보라. 경기가 나쁜 때라도 사람들이 참 많다.

그곳에는 세계의 모든 옷 브랜드가 다 모여 있고 음악이 흐른다. 특히 젊은이들이 가는 매장에서 이 루핑 음악들을 계속 틀어 대는 경우가 많다. 보통 사람들은 잘 못 느끼는데, 그냥 댄스 음악 같은 것이고 약간 몽환적인 음악이다.

내가 얘기하고 싶은 것은 음악 자체의 메시지보다는 그런 루핑 음악을 트는 이유다. 그것은 다람쥐가 쳇바퀴를 계속 돌리듯이 매장 안에 갇히게 하려는 의도를 갖고 있다. 이는 이미 현대 소비 사회에서 널리 알려진 방법이고 실제로 그 효과도 인정되고 있다. 음악이 가둬 놓는 역할을 한다는 것은 종교를 떠나 과학적으로 입증된 사실이다.

개인병원 의사가 우울증에 잘 걸린다는 이야기가 있다. 먼저 그 병원 로비에서 틀어 놓는 음악부터 바꾸었으면 한다. 물론 전부가 음악 때문만은 아니지만, 그게 원인의 상당한 비중을 차지할 것이다. 요즈음에는 병원뿐 아니라 관공서, 은행, 커피전문점, 스포츠관련 시설 등에서도 많이 틀어 놓는다.

거기서 틀어 놓은 음악 중 무엇이 좋고 나쁜 것인지 구별이 참 힘들겠지만 최소한 들으면 기분이 묘해지거나 비슷한 선율들이 반복되는 곡이라도 틀지 않길 권한다. 이러한 음악들은 사람을 서서히 병들게 한다. 그러나 내가 아무리 이야기한다 해도 사람들은 점점 더 찾는 것 같다.

사람은 원래 선보다는 악을 훨씬 좋아하기 때문이다. 재즈를 아는 사람이라면 누구나 아는 *빌 에반스의 앨범도 유명 뉴에이지 음악가의 백분의 일도 팔리지 않는다. 이렇게 잘 나가는 음악은 교묘히 포장한 잔잔한 음악에만 있는 건 아니다. 빠르고 수준 높은 음악들도 많은데 구별하기가 쉽지 않다. 하지만 일단 가사가 있는 경우 그 내용을 잘 파악하는 것이 필요하다.

나는 음악이 주원인이 되어 정신적으로, 영적으로 고통받았던 사람들을 여럿 만났다. 이제는 완치된 그들을 소개한다. 익명을 사용한다.

은향이는 정말 음악을 좋아했다. 회사에 다니고 있는 지금도 음악을 배운다. 범신론적인 생각을 갖고 있던 은향이는 음악도, 내

빌 에반스
Bill Evans
1929.8.16.-1980.9.15.
미국 재즈 피아니스트.
인상적인 화성처리 방식과
풍부한 선율, 독특한 리듬활
용법은 칙 코리아, 허비 행
콕, 키스 재럿 등과 함께 후
대의 피아니스트들에게 큰
영향을 주었다.

가 들어도 이상하고 뭐하는지 모르는 그런 재즈를 즐겼다. 특히 그런 음악을 들으면서 몽환적인 분위기에 빠지고 마치 마약을 한 기분이 되었다. 그 음악이 없으면 생활 자체가 힘들어 밤낮으로 틀어 놓았다.

그런 은향이에게 자해 습관이 생기기 시작했다. 자기 살에 날카로운 것으로 상처를 입히는 것이 습관이 되어 버렸다. 손목은 상처투성이가 되었고 불붙은 담배로 상처를 낸 곳도 많았다. 피를 흘리면서도 전혀 아파하지 않았다.

이런 일이 있을 때면, 나는 늘 예수를 알고 믿으라고 전한다. 무조건 어떻게 믿을까? 그래서 성경을 읽고 좋은 교회 가서 좋은 설교를 듣고 알아서 믿어 보라고 권유한다. 그런데 참 신기한 것은 다들 내 말을 잘 들어주는 것이다. 아마도 그들이 좋아하는 음악을 내가 주업으로 하다 보니 알게 모르게 조금 영향이 있는 것 같다.

은향이는 내 제안을 서슴없이 받아들였다. 음악도 다른 것들로 바꾸었다. 은향이는 지금 완치가 되었다. 완치 정도가 아니다. 음악도 프로 수준이 되었다. (신경정신과 의사 선생님들에게는 진심으로 죄송하다. 가끔 약 안 쓰고 낫는 경우라고 생각해 주시길.)

주빈이는 클래식 음악을 전공했다. 대학을 졸업하고는 재즈를 공부하러 다시 내가 가르치는 대학에 들어왔다. 첫 학기에 나에게 지도를 받았는데, 피아노에 앉으면 자꾸 피아노 위를 쳐다보면서 눈을 흘겼다. 가끔 "어휴 시끄러워!" 하기도 했다. 나중에 알고 보니, 자기가 피아노를 칠 때 항상 누가 피아노 위에 누가 앉아 있거나 옆 책상의 서랍을 열었다 닫았다 한다는 것이었다. 원래 정신분열증이 있었는데 요즘 들어 더욱 심해지고 있다는 것이었다.

나는 듣는 음악이 무엇인지 물었다. 원인을 아는 것은 힘들지만 이 정도의 분열증은 단지 음악뿐이 아니라는 것을 잘 알고 주빈이의 얘기를 많이 들어주었다.

주빈이는 내가 하는 말은 음악적인 내용만 듣고 다른 것은 한 귀로 흘려보내는 것 같았다. 결국 말없이 휴학을 했고 연락이 끊겼다. 나도 이미 주빈이에 대한 모든 것을 잊고 있었는데 그 해 여름 엽서 한 통이 날아왔다.

"선생님 안녕하세요. 저 주빈이에요. 전 지금 스페인의 어느 공원 벤치에 앉아 선생님께 엽서를 쓰고 있어요. 혼자 배낭여행을 왔어요. 선생님 말씀대로 그런 음악도 안 듣고, 주신 〈놀라운 하나님의 은혜〉 책을 갖고 왔는데, 안 읽고 있다가 하도 할 일이 없어서 읽고 이곳 한인 교회도 가 봤어요. 믿음이란 건 전혀 없지만 교회는 계속 나가 볼게요. 기쁘시죠? 한국 가면 꼭 찾아뵐게요. 주빈 올림."

정말 기뻤다. 주빈이는 그 후 완전히 정상으로 돌아왔고 부모님을 전도하기까지 했다.

고속열차를 기다리는 사람으로 북적이는 서울역, 지방에서 잠시 공연을 보러 온 미연이는 그날도 변함없이 어느 가게에서 볼펜을 훔쳤다. 미연이는 5살 때부터 하루도 빠짐없이 훔쳐 왔는데 훔치는 물건은 항상 보잘것없고 별로 값어치가 없는 것들이었다. 때로는 훔치다가 걸리기도 했지만 가게 주인들은 얼마 안 되는 것들이라 혼만 내고 돌려보내는 경우가 많았다. 음악을 너무 좋아해서 공연을 보러 서울로 오곤 했지만 넉넉지 않아 혼자 노래를 부르면서 길거리를 배회했다. 미연이의 방은 늘 발을 디딜 수 없을 정도로 많은 물건과 쓰레기들로 가득 차 있었다. 자기 방에 절대로 아무도 못 들어오게 하고 오로지 자기가 좋아하는 음악만 크게 틀어 놓고 지냈다.

미연이가 좋아하는 음악은 매우 아방가르드한 전위 음악이었다. 난 미연이가 24살 때, 우연히 내 공연에서 만나게 되었는데 도벽이 있다는 것을 알게 된 건 그 후 4년 뒤였다. 늘 그랬듯이 난 미연이에게 교회 나갈 것을 설득하고 틈틈이 만나 음악 이야기를 해 주었다. 우주적인 음악에서 벗어날 것을 강력히 권유하고 메시지가 들어간 음악들을 분별할 수 있도록 최대한 가르쳐 주었다. 지금 미연이는 신앙을 갖고 미국에서 공부하고 있다. 곧 음악으로 석사학위를 받게 된다.

물론 다시는 훔치는 일도 없게 되었다.

주의(Note)! 피하시오(Avoid)!
피할 건 피해야 한다. 그래야 산다.

어려서부터 꿈꿔 왔던 블루노트 아티스트가 된 것이다.

기적 같은 아들이 생기고 그 아들을 피아노 옆에 앉히고

만든 곡과 그 앨범으로 된 것이다.

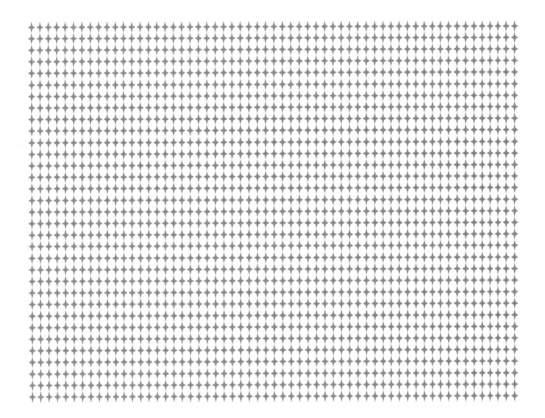

And God raised us up
with Christ and seated us
with him in the heavenly realms
in Christ Jesus.

Ephesians 2:6

'누마스'로 '블루노트' 아티스트가 되다

아기가 드디어 내 품에 안겼다.

가슴이 벅찼다. 눈물이 맺혔다.

처음엔 실감이 나지 않았지만, 첫 기저귀를 직접 갈아주니 실감이 나기 시작했다. 그런 감동의 시간들을 보내며 서원이는 점점 사랑을 많이 받고 건강하게 자랐다.

나 자신도 조금씩 변하는 것 같았다.

평소에 절대 감사할 수 없던 것도 감사할 수 있게 되니 말이다. 이를테면 머리카락이 많이 없는 것인데, 난 사실 고등학교 때부터 머리가 빠져 일찍 시원한 머리가 되었다. 학교 다닐 때는 그것 때문에 스트레스를 받을 때도 많았는데 지금은 전혀 그렇지 않고 오히려 편하다. 또 앞으로 한 20년 지나면 외모의 평준화가 오는 나이가 될 것이다. 배운 사람이나 못 배운 사람이나 돈 많은 사람이나 없는 사람이나 다 마찬가지로 6,70대가 되면 외모가 비슷해 보이는 그런 하향 평준화 시기가 누구에게나 온다. 그런 생각이 드니 스트레스도 없고 오히려 편하다.

머리가 빠져 고생 하시는 분들에게는 죄송하지만 그렇다고 너무 신경 쓰지 말라고 권하고 싶다.

머리카락이 별로 없어서 하나님을 편하게 해 드릴 수는 있지만("너희에게는 머리털까지 다 세신 바 되었나니" 마태복음 10:30), 여간해서 감사할 수는 없다.

그런데 내가 머리가 없기 때문에 진심으로 하나님께 감사를 드릴 수 있는 것이 생겼다.

우리 서원이의 많은 머리카락을 쓰다듬으면서 난 머리 빠진 지 20년 만에 진심으로 감사드렸다. "우리 서원이에게 이렇게 많은 머리카락을 주셔서…."

내가 만약 머리카락이 많았다면 이런 감사는 평생 안 나왔을 것이다.

서원이가 6개월 정도 되었을 때 나는 피아노 옆 아기 의자에 앉혀 놓고 피아노를 치면서 작곡을 했다.

피아노를 치다 보니 몰디브도 생각나고 아기가 태어나 처음 내 품에 안겼을 때 느낀 감격도 생각났다. 옆에서 의자에 목을 기댄 채 손을 빨고 있는 서원이를 보며 곡을 하나 만들었는데, 그 곡 이름을 무엇으로 할까 고심하다가 〈Noomas〉라고 지었다.

이 곡은 어렸을 때부터 좋아하던 세계적인 재즈 베이시스트 *존 패티투치와 미국에서 녹음했다.

녹음하는 동안 〈Noomas〉 곡을 너무 좋아하게 된 그는 "Noomas가 도대체 무슨 뜻이냐"고 물었다.

존 패티투치
John Patitucci
1959년 12월 22일 뉴욕 브루클린 출생. 그래미상을 수상한 재즈 더블베이스 연주자.
〈John Patitucci〉(1988),
〈One More Angel〉
(1997),
〈Remembrance〉(2009, Trio album with Joe Lovano and Brian Blade) 등의 앨범이 있다.

〈Noomas〉를 녹음할 당시. 왼쪽은 내셋 웨이츠, 오른쪽은 존 패티투치.

나는 서슴없이 존에게 몰디브 이야기를 해 주었다. 그러자 그가 자신의 이야기를 들려 주기 시작했다. 놀라운 사실은 그도 나와 비슷한 경험을 했다는 것이다. 그와 그의 아내는 임신 36주째에 뱃속의 아기를 잃는 아픔을 겪었다.

어쩐지 이 곡을 연주하면서 서로 느낌이 통했다고나 할까, 그는 내가 원하는 것을 그대로 음악으로 표현해 주었다.

결국 나의 세 번째 앨범의 타이틀곡은 〈Noomas〉가 되었다.

앨범 재킷에도 몰디브에서 사 온 열쇠고리를 넣었다.

블루노트 Blue Note
흑인음계와 서양음계가 합쳐지면서 새로운 음계가 형성되어 재즈의 모토가 되었다. 특히 3음과 7음이 반음이 모자란 b3, b7이 된 것이 특징이다.

재즈 연주가나 재즈를 좋아하는 사람들은 다들 *'블루노트'를 알고 있다.

블루노트는 블루스 음계를 나타내기도 하지만 120년 재즈 역사를 처음부터 함께해 온 음반사 이름이기도 하다. 뉴욕을 비롯하여 곳 곳에 재즈 바 '블루노트 홀'도 있지만, 그와 별도로 큰 음반사를 운 영하고 있다.

야구 선수들은 메이저리그 진출을 꿈꾸고 축구 선수는 프리미어리 그에서 뛰는 것을 꿈꾸듯이 재즈 연주자라면 블루노트 음반사에서 앨범을 내기를 희망한다.

처음 개인 음반을 내던 2000년에 나 역시 블루노트에 데모 테이프 를 보내려고 했다. 하지만 그것을 보내는 자체가 힘들어 포기해야 했다.

그런데 나에게는 매우 특별한 앨범인 〈Noomas〉의 데모 테이프를 블루노트 음반사에 보낼 수 있는 길이 열렸다. 그리고 마침내 여 러 과정의 심사를 거쳐 한국인 최초로 블루노트 로컬 아티스트(Local Artist)가 됐다는 블루노트 음반사 부사장의 편지를 받았다.

어려서부터 꿈꿔 왔던 블루노트 아티스트가 된 것이다. 기적 같은 아들이 생기고 그 아들을 피아노 옆에 앉히고 만든 곡과 그 앨범으 로 된 것이다.

블루노트 아티스트라는 경험은 나에게 커다란 변화를 가져다주었다. 한번은 이런 적도 있었다.

4집 앨범을 녹음하러 뉴욕에 갔을 때였다. 여러 뮤지션들과 녹음을 하고 후반 작업을 하려고 스튜디오를 향해 고속도로를 달리고 있었 다. 그날따라 고속도로가 꽉 막혀 약속한 시간까지 스튜디오에 닿 기가 힘들었다. 엔지니어와의 약속 시간을 어기는 것은 큰 실례라 는 생각에 서둘러 운전을 하며 가고 있었는데 때마침 연료 재고량 을 가리키는 계기반의 바늘이 바닥으로 떨어지고 있었다.

많이 늦었지만 할 수 없이 고속도로 출구를 황급히 빠져나왔다. 그 때 갑자기 내 차 뒤에서 번쩍거리는 것이 느껴졌다. 경찰이었다. 그 것도 미국 사람들도 무서워한다는 뉴욕 경찰이다.

경찰이 내 차를 세웠다. 난 잘못한 것이 전혀 없다고 생각했지만 경찰관은 한 손을 총에 대고 나에게 '일드 사인(Yield Sign)'을 못 봤냐고 물었다.

난 도무지 '일드 사인'이 뭔지 몰랐다. 알고 보니 '양보 표지'였다. 나는 이 표지를 한국이나 일본에서는 신경을 쓴 적이 거의 없었다. 미국 유학 시절에도 잘 몰랐던 이 사인을 안 지켰다고 경찰은 나에 게 혼내듯이 얘기했다. 당장 수갑을 채울 기세였다. 무척 당황스러 웠다.

"이곳은 무슨 일로 지나가게 된 거죠?" 그 경찰이 내게 물었다.

혹시 내가 마약이나 팔러 온 것처럼 생각이 들었던 것 같다. 서툰 영어로 대답했다.

"난 한국에서 잠시 들른 방문객입니다. 앨범 녹음하러 와서 어제 녹 음하고 오늘 다시 스튜디오로 가는 길입니다."

"아, 그래요? 그럼 지금 나오는 그 음악이 당신이 녹음한 거요?" 경찰이 빈정거리듯 물었다.

"예스!"

사실 어제 녹음한 걸 듣고 있었다.

"정말요?"

그는 못 믿겠다는 듯이 입술을 씰룩거렸다.

기회다 싶었다.

"난 블루노트 아티스트이고 지금 듣고 있는 음악은 저의 네 번째 앨범에 들어갈 곡인데 어제 녹음한 것입니다."

잘난 척을 좀 했다. 뉴욕에서는 한번 잘못 걸리면 리스트에도 올라가고 벌금도 엄청 세다. 그렇게 하는 것이 최선이다 싶었다.

"당신 앨범이 정말 블루노트 레이블로 나온단 말이오?"

이 수준 높은 경찰이 놀란 눈으로 되물었다.

"그런데 왜 고속도로에서 빠져나와 이쪽 출구로 온 거요? 맨해튼은 좀 더 가야 하는데…."

말투가 한결 부드러워졌다.

"갑자기 차에 기름이 떨어져 빠져나온 겁니다."

"이쪽에는 주유소를 찾기 어려워요. 나를 따라오세요."

이제는 친절까지 베푼다. 그는 나를 10분 정도 에스코트하여 주유소에 데려다 주었고, 나에게 악수 한번 해도 되는지 물었다. 이제는 거의 존경 수준이다. 기쁜 맘이었지만 못 이기는 척 악수를 해주었다.

정말 눈물이 났다. 미국에서 교통 위반 티켓을 몇 번 받아 본 경험이 있던 나에게 이 일은 그저 영화에나 나올 법한 일이었다.

어디 그뿐인가. 앨범을 녹음하기 위해서 세계적인 재즈 연주자들을 섭외할 때도 그냥 메일을 보내면 답장도 안 오는데 블루노트 아티스트라고 하면 거의 대부분 바로 답신이 온다.

서원이, 누마스, 블루노트…. 은혜라고밖에는 설명할 길이 없다.

난 "연주가 너무 훌륭했습니다"라는 찬사를 듣기보다는

"정말 행복한 음악이었습니다"라는

감동의 말을 듣는 것이 이제는 더 좋다.

For the Lord himself will come down
from heaven, with a loud command,
with the voice of the archangel
and with the trumpet call of God,
and the dead in Christ will rise first.

1Thessalonians 4:16

WHEN
THE TRUMPET
OF THE LORD
SHALL SOUND

일본에서 재즈 공부를 마치고 다시 미국 보스턴으로 유학길에 올랐
다. 그렇다. 그 많은 재즈를 누가 다 먹어치웠을 리는 없었다. 재즈
에 대한 굶주림이 점점 채워져 갔다.

얼마나 행복한지 날아갈 것만 같았다.

아무리 연습해도 좀처럼 실력이 느는 것 같지는 않았지만 그러면
어떠랴. 그럴 때면 재즈에 목말라 했던 어린 시절을 떠올리면서 스
스로를 위로했다. 연습도 별로 안 하는데도 너무 잘하는 모차르트
같은 얄미운 존재가 어디든 있기 마련이다. 솔직히 그런 친구를 볼
때면 조금은 좌절을 느끼기도 했지만 나만의 재즈에 몰두했다.

내 그림을 재즈로 표현하기 위해서는 노력도 중요했지만, 나에게
진정한 자유가 없다면 얼마나 노력하든 그건 무의미한 것이었다.

아무리 테크닉이 좋고 화려하더라도 기쁨이 없는 재즈는 맛이 없다.
맛있는 스테이크의 비결은 양념이나 사이드 요리가 아니라 고기 그

90

자체다.

재즈, 재즈 그 자체의 '기쁨'은 아무나 소유하는 것이 아니다.

미국에서 재즈를 가르치는 선생님들은 더 리듬감 있고 흥이 나게 연주하도록 늘 학생 귀에다가 대고 "Groove!" "Burning!" "Swing, Swing!"을 외친다. 나는 그것은 오직 기쁨에서만 나올 수 있는 것이라고 생각했다.

기쁨이 없는데 기쁜 척하는 것은 영화배우나 할 수 있지 음악인이 할 수 있는 것은 아니다.

오늘 아침 아파트를 나서는데 평소 인사를 몇 번 했던 70세쯤 되어 보이는 아파트 청소를 하시는 할머니가 환한 미소를 띠고 인사를 건네신다. "안녕하세요? 아이는 건강하죠? 날씨가 참 좋네요."

할머니는 자신이 사는 동도 아닌데 어떻게 저런 기분 좋은 인사를 건넬 수 있을까? 아침 내내 그 인상이 내 머릿속에서 지워지질 않았다.

'혹시 오늘 월급날이라 기분이 좋으신가.'

기쁨이 넘치면 무엇이라도 드러날 수밖에 없다. 그것이 말이건 행동이건 음악이건 어떤 형태로든 나올 수밖에 없다.

올림픽이 열리면 세계 모든 사람들이 텔레비전 앞에서 밤을 지새운다. 월드컵과 달리 올림픽은 세계 거의 모든 나라가 출전하기 때문에 더더욱 그렇다.

각 나라 선수들은 메달을 따기 위해 오랜 기간 고된 훈련과 연습으로 준비를 하고, 응원하는 국민들은 금메달 따기를 간절히 바라며 가슴을 졸인다.

특히 체조경기나 피겨스케이팅처럼 메달을 기대했던 선수가 한 번의 실수로 메달권에서 벗어나기라도 하면 그 만큼 안타까운 일이 없다.

수많은 예선전을 치르고 드디어 8강이나 4강까지 오를 때면 더더욱 긴장이 된다. 최종 결승전에서는 숨 막히는 경기가 벌어져 마치 국가 대항전이라도 치르는 것같이 삶과 죽음이 오가는 심정으로 바라본다.

결국 경기는 끝이 나고 금메달의 주인공과 은메달의 주인공, 또 동메달 주인공이 결정된다.

마지막으로 그들은 시상대에 오른다. 그리고 금메달 선수 나라의 국가가 연주되는 가운데 금은동 메달을 딴 선수들의 나라를 상징하는 국기가 나란히 올라간다.

그런데 시상대에 서 있는 세 명의 선수 가운데 누가 가장 많이 웃을까?

유치원 어린이에게나 어울릴 법한 질문이지만 정답은 의외다.

대개 금메달 딴 선수라 짐작하지만, 사실 1등을 한 선수는 울기에 바쁘다.

좋아서이기도 하고 감격에 겨워서이기도 하고 그동안 고생했던 일과 부모님 생각이 나기도 해서 정신이 없다.

은메달 딴 선수는 어떨까?

2위를 한 선수는 아직도 심판의 판정에 불만이 많다.

1위를 못 한 것이 너무 분하다. 단 한 번의 실수로 2위밖에 못 한 것 같아 자기 자신을 질책한다. 금메달을 차지한 선수가 샘이 나 미쳐버릴 것만 같고 심지어 한 계단 낮은 시상대 자체가 부끄러운 생각까지 든다. 그는 통한의 눈물을 흘린다.

3위를 차지한 선수는 대개 기분이 굉장히 좋은 것 같다. 가장 크게 웃는다. 꽃다발을 얼마나 높이 들었는지 금메달 선수보다도 더 높아 보인다. 다음부터 올림픽이 열리면 동메달 딴 선수의 얼굴을 잘 관찰하기를 바란다. 그럼 기분이 좋아질 것이다.

이 선수는 3위로 메달을 딴 것 자체가 너무 행복하다. 금메달이 부러울 것도 없다. 2위인 사람도 있는데 무슨 샘을 내겠는가. 만약 동메달 선수의 나라가 메달을 하나도 못 따는 나라였다면 그 동메달은 금보다 더 귀하다.

내가 진땀을 쏟으며 재즈 콘서트를 마치고 나면 대기실 앞이나 로비에서 기다리는 사람들이 있다. 이왕 온 김에 사인이라도 받으려고 기다리는 사람들인데 나는 그들이 무척 고맙다.

부족한 내 연주를 보고 큰 호응을 해 주거나 특히 그놈의 mp3가 출현한 후에 잘 팔리지 않는 내 앨범을 들고 사인을 받으러 올 때면 더더욱 그렇다.

내 공연을 보고 나에게 다가오는 관객들은 대체로 어떤 말을 건넬까?

"연주가 너무 훌륭했습니다."

"공연 준비를 너무 잘하신 것 같아요."

"제가 꼭 듣고 싶었던 곡이었는데 오늘 멋지게 연주해 주셨어요. 너무 감사드려요."

"다음 앨범은 언제 나와요? 오늘 공연을 보고 나니 너무 기대돼요."

"어쩜 그리 손가락이 빨리 돌아가요?"

오스카 피터슨
Oscar Peterson
1925.8.15.-2007.12.23.
캐나다 재즈 피아니스트/작
곡가. 역사상 가장 위대한
재즈 피아니스트의 한 사람
으로 인정받고 있다. 7차례
그래미상을 수상했다.

키스 재럿
Keith Jarrett
1945.5.8. 펜실베이니아
출생. 미국의 피아니스트/
작곡가. 현존하는 피아니스
트 중 가장 주목 받는 재즈
피아니스트 중의 한 명으로
드러머 잭디조넷과 베이시
스트 게리피콕과 함께 수많
은 재즈 스탠더드 음반을 발
표했다.

"오늘 무대 의상 죽이는데요."

사실 난 이런 얘기를 듣고 싶다.

하지만 거의 모든 사람들이 하는 말은 이것이다.

"오늘 공연 정말 행복했습니다."

뭐 나쁜 말은 아니라 다행이지만, 내가 무슨 행복 전도사도 아니고
재즈 피아니스트로서 이 얘기를 계속 듣는 것도 참 흔한 일은 아닐
것이다.

재즈 피아니스트 하면 떠오르는 빌 에반스나 *오스카 피터슨, *키
스 재럿도 과연 공연이 끝난 후 이런 얘기를 들을까? 난 매우 궁금
하다.

내 공연을 본 어떤 사람은 심지어 내가 무대에서 연주하는 동안 하
늘에서 내려온 링거 주사가 나에게 연결되어 있는 것처럼 느껴졌다
는 말도 했다. (실제로 그분은 어느 유명 공연기획사 이사였는데 그 후 2년간 나는 그 회사의 소속
매니지먼트 아티스트로 지내기도 했다.)

결국 '해피 재즈(Happy Jazz)'는 싫든 좋든 나와 함께해야 할 운명이 되
어 버렸다.

'해피 재즈.'

슬픈 곡도 많은 재즈가 과연 행복할 수 있을까?

노예들에게서 비롯되었다는 재즈가 마냥 행복할 수 있을까?

내 음악이 행복하게 느껴지는 사람은 내가 늘 웃고 있을 거라고 생
각할지 모르지만 전혀 그렇지 않다.

진짜 행복한 사람은 늘 웃고 있지만은 않다.

베토벤의 〈비창(悲愴)〉을 연주한 적이 있는데 〈비창〉이 아니라 〈희창

(喜唱)〉이 되어 베토벤을 욕되게 하였다.

어쩌랴. 내 맘이 그런 것을….

그렇다고 내가 늘 빠르고 비트 있는 곡을 연주하는 것은 아니다.

행복한 사람이 늘 춤만 춘다면 아마 살고 있는 아파트 아래층 주민과 원수가 되거나 엘리베이터에서 마주칠까 무서워 계단만 사용할 것이다.

주제가 무엇인지에 따라 나는 연주로 내 마음을 하염없이 쏟아낸다.

재즈라는 것이 마음을 가장 많이 드러낼 수 있는 장르라고 생각하기에 더더욱 행복하다.

텔로니우스 몽크
Thelonious Monk
1917.10.10.-1982.2.17.
미국 재즈 피아니스트 겸
작곡가. 독특한 임프라버
제이션으로 유명한 그는
〈Epistrophy〉〈Round
Midnight〉〈Blue Monk〉
〈Straight, No Chaser〉
〈Well, You Needn't〉 등
수많은 재즈 명곡들을 남
겼다.

마음속에 몽환적인 생각을 한다면 몽환적인 음악이 나오게 되는 것
이고 마음속에 결코 이루어질 수 없는 사랑으로 가득 차 있다면 애
절한 로맨틱 음악이 나올 것이다.

재즈 피아니스트의 역사라 할 수 있는 *텔로니우스 몽크가 쓴 명곡
〈Straight, No Chaser〉를 들으면 마치 목이 뒤로 꺾이는 듯한 느낌
이다.

실제로 평소 술을 즐겼던 그가 '안주(chaser)' 없이 스트레이트로 술
을 마시는 것을 모티브로 삼아서 만든 곡이라, 듣고 있노라면 술잔
이 그대로 연상이 된다.

이렇듯 재즈는 그 사람의 생각뿐 아니라 심지어 그 사람이 좋아하
는 것까지도 곡에 묻어 나온다.

나도 마찬가지다.

앨범을 만들 때면 나는 항상 두세 곡 정도는 자작곡을 넣는다.

1집 때부터 그랬는데, 내가 곡을 만들 때면 주제가 무엇인지, 특히
제목이 무엇인지가 매우 중요했다. 그래서 곡 제목들은 내가 평소
좋아하는 것들을 모티브 삼아 이름을 지었다.

- Sunny Days. 유난히도 파란 하늘을 좋아하는 내가 실제 그런 날
  만들었다.

- Fish & Cake. 오병이어의 기적. 원래 Cake & Fish가 맞지만 순
  서를 좀 바꿨다.

- Daisy. 데이지는 화목을 상징하는 꽃이다. 사실 그 꽃보다는 이
  름이 더 예쁘다. 실제로 아내를 위해 내가 만들어 준 카페 이름
  이다. 지금은 망했다.

- Being not Doing. 무엇을 하느냐(직업)보다는 어떻게 존재하느냐가 중요하다.

- Grace. 이 책에서 내가 수없이 얘기하고 있다.

- Grill Gaucho. 캘리포니아 파사디나(Pasadena)에 내가 아주 좋아하는 아르헨티나 음식점이 있었다. Gaucho's Grill이었다. 지금은 다른 이름으로 바뀌었다. 카페 '데이지'처럼 망한 것인지는 모르겠다.

- Blue Shrimp. 내가 제일 좋아하는 요리 가운데 하나가 바로 새우 요리다. 다들 '파란 새우'로 알고 있지만, 실은 'blues + shrimp'다. '파란 새우'도 맘에 든다.

- Noomas. 우리 서원이가 생긴 몰디브의 그 방.

- Yellowhale. 물고기로 알고 있지만 사실 고래는 포유류다. 당연히 새끼에게 젖을 먹인다. 노란(yellow) 고래(whale)에서 w 하나를 생략했다. 부모의 사랑을 상징한다.

- Green Tee. 녹색 티다. 티(tee)는 골프에서 처음 티샷을 할 때 꽂는 작은 나무다.

Green Tee를 보고는 여러 사람이 철자가 틀렸다고 귀띔을 해 주었다. 녹차(tea)를 생각했나 보다.

하지만 내가 제목을 Green Tee라고 지은 데는 사연이 있다.

지금은 치고 싶어도 여러 여건이 되질 않아 칠 수가 없지만 사실 미국 유학 시절에 난 골프를 즐겼다.

일주일에 한 번 정도 필드에 나갔는데 그 전날이면 늘 잠을 설쳤다. 특히 토요일 새벽에 일찍 가면 6천 원 정도로 칠 수 있기 때문에 더

더욱 날밤을 새기도 했다.

한국과 달리 미국에서는 골프가 대중 스포츠였는데 내가 골프를 좋아했던 데는 특별한 이유가 있다. 골프에도 '스윙'이 있기 때문이다. 그것은 재즈의 스윙과 무척 흡사하다. 아니, 골프 자체가 재즈와 너무 흡사하다는 생각이 든다.

재즈에서 쉽고도 어려운 점이 하나 있는데, 박자를 지키지 못하고 조금씩 계속 앞서 나가는 것이다. 점점 빨라지는 것이 아니라 조금씩 밀리는 형태로 앞서 나가는데, 마치 둘이 걸을 때 성격 급한 사람이 1미터 정도 계속 앞서서 가는 것과 같다. 잠시만 멈추고 가면 같이 갈 수 있는데 성격이 급하면 프로 연주자라도 이것이 참 힘들다.

골프에도 이런 비슷한 예가 있다. 헤드업이다. 공을 치고 나서 공이 있던 자리를 잠시 봐 주고 고개를 들어야 공이 정확히 일직선으로 날아가는데, 그게 도저히 불가능할 정도로 힘이 든다.

공을 치기도 전에 어디로 날아갔는지가 궁금해 머리를 들기 마련인데 프로의 세계에서도 이는 늘 조심해야 할 판도라의 상자다.

박자를 0.1초만 쉬어 가도 정확히 맞추어 갈 수 있고, 공을 치고 그 자리만 잠시 봐 주어도 승리의 컵을 받을 수 있는데, 아무리 알아도 그것이 안 되는 게 사람인가 보다.

어디에서는 원숭이를 산 채로 잡는다는데, 그 재빠른 놈을 어떻게 잡을까.

우선 나무로 네모난 상자를 만든 다음 거기에 원숭이 손이 겨우 들어갈 만한 구멍을 만든다. 그리고 그 상자에다가 쌀을 반쯤 넣어 원숭이가 많은 숲 속에 갖다 놓으면 끝이다. 원숭이는 그 상자 앞에서 쌀 냄새를 맡고 손을 간신히 비틀어 집어 넣는다. 그리고 자기가 쥘 수 있는 최대한의 쌀을 한 줌 손에 쥐고서 손을 빼려 한다. 하지만 쥐고 있는 쌀 때문에 손을 빼내지 못하고 나무 상자에 수갑 없이 결박된다. 결국 쌀을 놓지 않아서 잡히고 마는 것이다.

이 경우나 자기가 친 공 날아가는 걸 빨리 못 봐서 헤드업을 하는 것이나 빠른 곡을 더 빠르게 앞서 나가는 것이나 모두 마찬가지라는 생각이 든다.

그래도 내가 골프를 사랑하는 이유는 골프의 스윙도 재즈의 스윙과 마찬가지로 지켜야 할 리듬을 지켜야 즐겁고 행복하기 때문이다.

우리 아들 서원이가 엄마 뱃속에 있을 때 내 음악을 많이 들려 주었다. 그래서인지 서원이는 '재즈스럽다.' 이상한 말이지만, 달리 표현할 어휘가 없다.

또 가스펠 〈주의 영광 이곳에 가득해〉를 수도 없이 들려 주어서 그런지 성품은 아주 타고난 것 같다.

나는 아이가 생기면 어떻게 이 어지러운 세상에서 바른 사람으로 키울 수 있을까 고민했는데 의외로 무척 간단했다. 바로 〈주의 영광 이곳에 가득해〉 때문이 아닐까 생각한다.

내가 이 곡을 많이 들려 준 이유가 있다.

서원이가 엄마 뱃속에서 5개월 정도 되었을 무렵, 담당 의사가 태아의 뇌실(뇌 속의 물로 이루어진 공간)이 커서 정상아로 태어날 확률이 적다고 경고했다.

우리 부부에게는 실로 엄청난 충격이었다. 어렵게 생긴 아이라 계속 안 좋은 생각만 들었다.

의사는 한 달 후에 다시 정밀검사를 하자고 제안했지만 안색이 안 좋아 보였다.

악몽 같은 그날이 지나고 며칠 후 나는 미국 보스턴에 잡아 놓은 소규모 공연 때문에 자리를 비우게 되었다. 비행기를 탄 내내 나는 잠을 청할 수 없었다. 아무리 참으려 해도 눈물을 참을 수가 없었다.

오직 "주의 영광 이곳에 가득해"를 멀리 떨어진 태중의 아기를 향해 "그곳에 가득해"로 바꾸어 부르고 또 불렀다. 뉴욕에 도착해 렌터카로 보스턴까지 이동하는 220마일 가는 내내 그 곡을 한 300번은 부른 것 같다. 간절한 맘에 차 안에서 오른팔을 하늘을 향해 높이 들고 불렀다. 나를 이상한 사람으로 생각하고 쳐다보며 더 속도를 내어 달아나는 차들도 여럿 보였다.

그런 차들을 몇 차례 보니 오히려 이번에는 미국을 위하여 〈주의 영광 이곳에 가득해〉를 몇백 번이 아닌, 셀 수 없을 정도로 많이 불렀다. 그 노래를 부르면서 다시 그 땅이 회복되기를 바랐다.

한국에 와서는 분당에 있는 처가댁에 1년 정도 머물고 있었는데 아침마다 서울로 가는 분당-내곡 고속화도로를 운전하면서 이 곡을 불렀다. 또 마침 이사 가려는 아파트가 서울에 지어지고 있었는데 출근하기 전 하루도 빠짐없이 그곳을 한 바퀴씩 돌며 이 곡을 불렀다.

드디어 한 달이 지나고 병원을 찾았다.

아내는 긴 시간 동안 정밀검사를 받고 힘없이 울면서 검사실을 나왔다.

"정상으로 돌아왔대…."

아내의 눈물은 너무 감격하여 흘리는 눈물이었다.

북받쳐오는 감사를 내가 어떻게 표현했을까?
또 그 곡을 불러 댔다.

그렇게 속을 썩이던 서원이가 무사히 태어났다. 간사하게도 나는 어느새 그 곡을 완전히 잊어버렸다. 서원이가 태어나자마자 서울로 다시 이사를 왔고, 아기 때문에 더 바빠지자 그 곡은 공중으로 날아가 버린 셈이 된 것이다.

원하던 아이도 생기고 이사도 오고 바쁘게 살다 보니 서원이가 10개월 정도 될 무렵 이제는 골프를 다시 한 번 쳐야겠다는 생각이 들었다. 하지만 유학 시절 치던 골프채로 필드에 나가기가 창피했다. 이사 온 지 얼마 안 되어서 살 것도 많은데 골프채를 사자니 약간 미안하기도 했지만 난 싼 곳을 찾아 인터넷 사이트를 뒤지며 돌아다녔다. 그러던 어느 날 꿈에 그리던 야마하(Yamaha)의 inpres를 저렴하게 파는 곳을 발견했다. 서울에서 한 시간 남쪽으로 가야 하는 용인에 있었다. 그 정도는 명기를 사기 위해서 가뿐하게 감수할 수 있었다.

이왕 가는 거 아내와 10개월 된 서원이를 뒷자리 카시트에 태우고 설레는 맘으로 달려갔다.

오랜만에 가기도 하고 새로 생긴 길도 있어서 약간 헤맸다. 드디어 골프 숍을 찾아 들어갔는데 점원은 내가 찾는 제품의 재고가 없을 뿐만 아니라 다시 들여올 기약도 없다는 말을 무정하게 했다. 그 얘기를 듣고 나는 큰 상심에 빠져 버렸다.

여기까지 차를 몰고 온 것이 너무 허탈했다. 또 퇴근 시간이라 되돌아 갈 일도 막막했다. 고속도로는 너무 차가 많아 신경질이 날 정도였다.

가면 갈수록 길이 막혀 할 수 없이 빠져나와 1, 2년 전 내가 다니던 분당-내곡 고속화도로로 향했다.

흥분을 좀 가라앉히고 그 길을 오랜만에 지나가다 보니 과거에 수도 없이 불렀던 〈주의 영광 이곳에 가득해〉가 입에서 저절로 나왔다. 처박혀 있던 그 CD를 찾아 틀었다. 나도 모르게 거의 자동으로 오른팔이 하늘로 향했다. 그 곡을 부르며 또 눈물이 고이기 시작한다.

이제는 서원이가 엄마 뱃속이 아니라 내가 운전하는 차 뒷자리에 앉아 있다고 생각하니 더욱 감격스러웠다.

'어떻게 이 곡을 잊고 살았을까?'

무척 미안한 마음에 백미러로 서원이를 보았다.

이럴 수가!

서원이가 오른팔을 나와 같이 똑바로 들고 있는 게 아닌가!

서원이는 내가 곡을 다 부를 때까지 그 짧은 팔을 내리지 않았다.

혹시 뱃속에 있을 때도 이 곡이 들리면 서원이는 팔을 들었을지도 모른다.

그렇다.

아이가 태중에 있을 때 음악은 무척 중요하다.

난 절실히 느낀다.

꼭 아기가 아니더라도 음악은 무엇을 듣는가가 중요하다.

아무 생각 없이 아무것이나 먹을 수 없다.

잔잔한 음악이 마냥 좋은 것이 아니라 해피한 음악이어야 한다.

이때부터 나의 음악은 더욱 해피해졌다.

내가 연주할 때 몸을 조금 들썩인다는 말을 들었다. 하지만 사실 나는 자제를 하고 있는 것이다.

아예 일어나 치고 싶을 때도 많다.

못 부르는 노래를 부르고 싶을 때도 많다.

앞으로 어떤 고난도 고난 후의 승리의 연주를 생각하며 이기고 싶다.

그래서 난 "연주가 너무 훌륭했습니다"라는 찬사를 듣기보다는 "정말 행복한 음악이었습니다"라는 감동의 말을 듣는 것이 이제는 더 좋다.

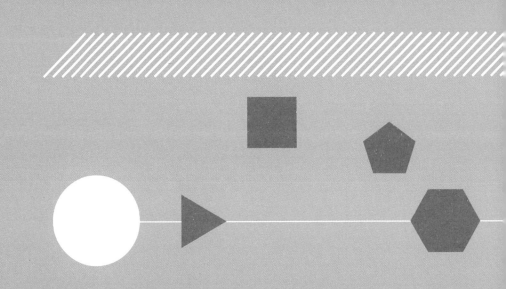

2부

i am Melody

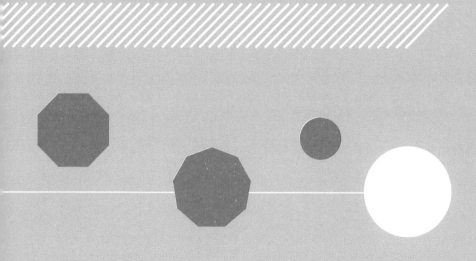

재즈적인 리듬은 여러 가지가 있을 수 있지만,

그중 가장 대표가 되는 리듬은 바로 '당김음(Anticipation)'이다.

당김음이란 그야말로 박자를 제 박자보다

반 박자 정도 먼저 선행하게 하는 것이다.

PERFECT LOVE

Husbands,
love your wives,
just as Christ loved the church
and gave himself up for her.

Ephesians 5:25

9

'당김음' 같은 사람

논현동 'Royal TOTO' 카페에 들어섰다. 많이 알려지지 않아 한적하지만 무척 세련되고 분위기 좋은 공간이라 즐겨 찾는 곳이다.

이미 모델 장윤주 씨나 사진작가 사이다 씨, 뮤직 비디오 감독 송원영 씨, 미스코리아 진 이하늬 씨 등 〈i am Melody〉 음반에 참여한 사람들과 만남을 가졌던 아지트 같은 카페여서 그런지 마치 친척집에 온 느낌이었다.

이번엔 어렵게 섭외가 된 가수 나얼 씨와 두 번째 만남이 있는 자리였다.

몇 년 전 내가 이 앨범에 참여할 것을 제안하기로 하고 처음 만난 날, 그는 선뜻 허락하지 않았었다. 이제껏 가스펠이라는 이름으로 많은 제의가 있어 왔고 또 안 좋았던 경험들이 많아서였을까.

그러던 그가 이 앨범에 동참하겠다고 했을 때는 이미 하나님이 그의 마음을 움직여 주신 것 같았다. 그도 나와 똑같이 엑스트라 배우를 꿈꾸는 것 같아 서로 마음이 통했을지도 모른다.

그는 텔레비전이나 여러 방송매체에 출연을 안 하기로 유명하다. 처음에는 일부러 그러는 줄 알았는데, 전혀 그게 아니었다. 마치 내가 노래방 가는 것을 이 세상에서 가장 싫어하듯 그는 방송을 꺼려 한다.

지난번 내가 편곡해 전해 준 찬송가 반주 CD가 별 감흥이 없었는지 나얼 씨는 '찬송가 288장'을 하겠다고 제안을 했었다.

그래서 일주일 동안 나는 심혈을 기울여 *컴퓨터 음악(MIDI)으로 작업을 했다. 그 후 오늘 다시 만나는 거라 혹시 음악이 맘에 안 들까 봐 은근히 염려가 되었다.

미디 MIDI
Musical Instrument Digital Interface(악기 디지털 인터페이스)의 줄임말로 전자 악기끼리, 악기와 컴퓨터 사이에 주고받는 표준 디지털 신호 체계.

그가 새로 제안한 곡 288장은 제목이 〈완전한 사랑〉이었는데, 나는 이 곡을 하겠다는 나얼 씨의 연락을 받고는 좀 당황스러웠다. 곡의 길이도 짧고 흔한 찬송가도 아닌 이 곡은 결혼식을 할 때나 주로 하객들이 부르는 곡이기 때문이다. 가사만 보더라도 왜 이 곡을 하겠다고 하는 건지 이해가 되질 않았다.

"완전한 사랑 하나님의 사랑 다함이 없는 사랑에 겨워
둘 한몸 되어 보람 있게 살라 손 모아 주님 앞에 빕니다."

혹시 앞으로 결혼식 행사를 많이 참여하려는 것일까?
혹시 연인으로 잘 알려진 한혜진 씨와 결혼식 때 부르려는 것일까? 아니면 덜 알려진 곡을 부르고 싶은 생각 때문인가? 나는 참 많은 생각을 했다.

그러나 어렵게 생각해서 이 앨범에 참여하겠다고 하고 곡도 직접 골라서 나에게 요청을 했는데 더 이상 다른 곡을 하라고 설득하는 것은 예의가 아니라는 생각에 편곡 작업을 마무리하여 가지고 온 것이다.

밤늦은 시간이라 그런지 그날따라 유난히 손님이 없는 카페 안에는 적막감마저 느껴졌다.

드디어 카페 문이 열리고 송원영 감독과 나얼 씨가 들어왔다.

"안녕하세요, 선생님."

그들은 나를 선생님이라고 불러 주어서 참 좋다. "교수님"이라고 부르는 사람들이 많은 편인데, 이상하게 교수가 된 지 오래되었는데도 난 그 말이 여전히 민망하다.

"예, 잘 지내셨어요? 골라 주신 곡은 부족하지만 정성껏 편곡해서 가지고 왔어요."

"수고하셨어요. 지난번 곡은 제가 소화하기에 좀 어려울 것 같았어요. 직접 저에게 선곡을 해 주셨는데 제가 바꿔서 죄송해요, 선생님. 그래서 그냥 평소 제가 좋아하는 곡으로 요청드렸는데 번거롭게 해서 정말 죄송해요."

나얼 씨는 정말 미안해하면서 고개를 숙이며 말을 했다.

"예, 괜찮아요. 그런데 이 곡은 잘 안 알려진 찬송가인데 특별한 사연이라도 있나요?"

난 무척 궁금했던 질문을 하기 시작했다.

'가사 내용 중 '둘 한몸 되어'를 비롯해 좀 멜랑꼴리한 구석이 있는데 혹시 이 사람 이단은 아니겠지….'

이런 생각도 솔직히 들었다.

"아 선생님 이 곡을 잘 모르시는군요. 그래도 꽤 알려진 곡인데요…."

오히려 나를 의심하는 눈치다. 이 찬송가도 모르냐는 식이었다.

110

그런데 뭔가 좀 수상했다. 평생 교회를 다닌 내가 이 곡을 결혼식 이외에는 한 번도 부른 기억이 없는데 꽤 알려진 곡이라니, 요새 별의별 이단이 많은데 혹시나 하는 생각이 계속 밀려왔다.

'둘이 한몸 되는' 이상한 이단 종교도 있을 법하고 혹시 뭔가 음흉한 생각을 하는 것은 아닌지 의심도 들었지만 일단 편곡해 온 반주 CD를 꺼냈다.

"사실 저도 잘 모르는 곡이지만 최선을 다해 편곡했어요. 맘에 드실는지 모르겠네요."

그러면서 준비해 온 mp3 플레이어로 들려 주었다.

그는 이어폰을 끼고 한참을 듣더니 말했다.

"이 곡 노래 부르기가 좀 어려운데요…. 어디서 노래가 들어가나요? 혹시 악보 있으세요?"

마침 준비해 온 찬송가가 있어서 288장을 찾아 건네주었다.

나얼 씨는 항상 검정색 안경을 끼고 있는데, 그 안경 속의 두 눈이 갑자기 휘둥그레지더니 흥분한 어조로 소리를 높였다.

"선생님, 이 곡 아니에요. 제가 보내드린 곡은 〈예수를 나의 구주 삼고〉였어요!"

아니, 이게 어찌 된 일인가!

난 무척 당황스러웠다.

일주일 동안 작업한 곡이 아니라니, 하늘이 정말 무너져 내리는 것 같았다.

"아니, 288장 하신다고 하지 않으셨어요?"

"예, 맞아요! 어? 근데 288장은 분명히 〈예수를 나의 구주 삼고〉 곡 맞는데, 왜 이러지? 선생님, 뭔가 귀신에 홀린 것 같아요!"

"어? 288장 〈완전한 사랑〉 맞는데?"

나는 오히려 이상한 눈으로 나얼 씨를 쳐다보았다.

'혹시 이 귀한 음반을 만드는 것을 훼방이라도 하려는 것 아닌가'라는 생각까지 들었다.

우리는 이 기이한 현상을 도무지 이해하지 못했다.

하지만 일은 이미 터지고 말았다. 알고 보니 그가 곡을 고른 찬송가와 내가 갖고 있던 찬송가의 버전이 달랐던 것이다.

"우하하하하!"

"어하하하하!"

우리는 모두 일단 크게 웃었다.

이 일을 어떻게 수습해야 하는지는 뒷전이었고 터지는 웃음을 참을 수 없었다.

"어쩐지 그 곡을 하신다고 할 때 왠지 이상했어요. 그래도 기도하며 선곡했겠지 생각하며 준비했는데, 이게 아니라니 어쩌죠? 이 곡은 다른 가수들 줘도 안 부를 것 같은데요?"

"우하하하하!"

"어하하하하!"

우린 또 한바탕 크게 웃었다.

나는 다른 곡을 잘못 편곡해 온 지난 일주일의 고생은 뒤로한 채 배꼽이 빠지게 웃고 말았다. 또다시 편곡 작업을 해야 하지만 그 순간은 아무 염려가 없이 행복했다.

그렇게 화기애애한 대화를 하고 있는데 옆에서 같이 웃고 있던 송원영 감독이 혹시나 하는 마음에 제안을 했다.

"이 곡 그냥 하시는 거 어떠세요? 혹시 알아요, 이것도 하나님의 뜻

113

Draw!ng, ! am Melody

아야앵멜로디를 함께한
아티스트들이 준비하는
두 번째 이야기, 특별한 전시회

음반 〈i am Melody〉 이후,
참여했던 아티스들이 다시 모여 갤러리에서 3주 동안
각자의 멜로디에 관한 작품 전시회를 열었다.

일지…."
그런데 놀랍게도 거기 앉아 있는 우리는 모두 같은 생각을 하고 있었다.
"예, 그러죠 뭐. 정말 그럴 것 같아요, 하하하."

〈완전한 사랑〉은 그렇게 녹음이 되었다.
나얼 씨야말로 엑스트라 배우로만 남고 싶어 하는 그런 사람이란걸 갈수록 느낀다. 세상에 그런 사람이 있을까라고 느끼게 하는 장본인이었다.
남이 잘되는 것을 진정으로 좋아하는 사람은 이 세상에 그리 많지 않은데 나얼 씨는 예외였다.
그는 이 앨범을 녹음할 때 조용히 각 가수가 부담을 느낄까 봐 녹음

끝날 때쯤 나타나고, 어떤 가수가 노래에 도움을 요청하면 와서 도와주었고, 미국에 갈 때도 늘 함께해 주었다. 특히 한국의 여러 좋은 대학에서 그에게 많은 연봉을 제시하면서 교수로 와 달라고 제의했지만 그가 선택한 건 내가 교수로 일하는 천안의 나사렛대학교였다. 서울에서 90km나 떨어진 그곳에서 그는 실용음악과 전임 교수로 일한다. (지금은 정엽을 제외한 브라운아이드 소울의 모든 멤버가 교수로 임용되었다.) 또 노래 잘하기로 소문난 가수이자 화가인 '리사'와 더불어 〈i am Melody〉 전시회까지 도와주고 다른 가수를 섭외할 때도 늘 아낌없는 도움을 주었다.

첫 스타트를 끊어 준 그가 없었으면 〈i am Melody〉 앨범은 존재하지 않을 수도 있었다.

나중에 깨달은 것이지만, 나는 이 곡을 녹음하고 나서 피아노를 다시 쳤는데, 특히 인트로(전주) 부분에 내가 우연히 친 물방울 같은 피아노 소리에 뭔가가 느껴졌다. 나만이 느낄 수 있는 것이었다. 스튜디오에서 녹음하면서 그냥 인트로 부분에 몇 개의 음을 친 것이 마치 하나님이 흘리시는 눈물이 하늘에서 한 방울씩 떨어지는 것 같아 나는 그만 울어 버렸다.

다른 사람은 그렇게 느끼지 못할 수도 있지만, 이 곡을 선택한 사연이나 어려움 속에서도 녹음이 이루어진 상황 가운데 하나님의 눈물이 들어 있다는 생각을 하면 아직까지 가슴이 뭉클하게 죄여 온다.

많은 사람들이 내게 이런 질문을 한다.

"곡들을 듣고 그 곡이 재즈인지 아닌지 어떻게 아나요?"

이 질문에 답하기란 쉽지 않지만, 나는 다음과 같이 대답한다.

재즈 음악, 또는 재즈적인 음악은 첫째, 텐션(Tension), 긴장감을 주면서 어울리는 음이 들어간 화성이 있어야 한다. 둘째, 재즈적인 리듬이 있어야 한다.

이 둘을 지니고 있으면 재즈라 할 수 있고 느린 발라드 음악이라면 둘 중 1번만 있더라도 재즈라고 할 수 있다.

앞에서도 얘기했지만, '도-미-솔' 화음에 '레' 음을 추가해서 '도-레-미-솔'을 울리게 하는데, 여기서 '레' 음이 바로 텐션이다.

이런 재즈적인 화성은 이미 여러 음악 장르에서 도입하여 쓰고 있는데 재즈적인 곡이 되려면 이런 화성이 한두 번이 아니라 지속적으로 사용되어야 한다.

그렇다면 재즈적인 리듬은 과연 무엇일까?

재즈적인 리듬은 여러 가지가 있을 수 있지만, 그중 가장 대표가 되는 리듬은 바로 *당김음이다.

당김음
Anticipation
정해진 마디의 박자보다 반 박자 혹은 반 박자 이상의 음이 선행되는 음.

〈악보 1〉 단순한 리듬의 멜로디

당김음(Anticipation)

〈악보 2〉 정해진 마디의 박자보다
반 박자 혹은 반 박자 이상의 음이 선행되는 음

나얼과 함께 〈i am Melody〉 2집을 작업하면서(LA의 스튜디오).

당김음이란 그야말로 박자를 제 박자보다 반 박자 정도 먼저 선행하게 하는 것이다. 한 곡의 재즈곡을 듣는다면 당김음이 보통 수백 번이 나온다.

더 쉽게 이해하기 위해서 리듬을 그려 봤다.

〈악보 1〉과 같은 단순한 리듬을 〈악보 2〉처럼 마디 전에 반 박자를 선행하여 강하게 악센트를 주는 것인데, 아무리 간단한 동요라도 재즈처럼 연주할 수 있는 것은 바로 이 당김음 덕택이다.

하나님은 이 당김음을 통하여 많은 것을 심어 주셨다.

그것은 약자였고 이방인이었던 우리를 택하셔서 구원에 이르게까지 하셨는데, 약박에 악센트를 주시는 것도 감사한 일인데, 이제는 남보다 선행하게 하셨다는 것이다.

이 생각을 할 때마다 나는 눈물이 난다.

"먼저 된 자로서 나중 되고 나중 된 자로서 먼저 될 자가 많으니라"
(마태복음 19장 30절)

비천하고 모자란 우리를 택하시고 많은 은혜를 주신 것도 모자라 때로는 남보다 선행되게 하시는 것을 믿는 사람에게는 반드시 그 은혜가 임할 것이다.

사람이 어려운 일을 만났을 때, 어렵고 높은 장벽에 부딪혀 막혔을 때 취하는 행동에 따라 다음과 같이 분류할 수 있다고 한다.

1. 그 높은 장벽을 보고 엄두도 못 내고 떠나는 사람(Quitter)
2. 장벽을 보고 떠나지는 않지만 그 앞에서 텐트를 치고 마치 캠핑하듯 머무는 사람(Camper)
3. 장벽의 높은 곳을 바라보고 인내하며 마치 험한 산을 오르듯 올라가는 사람(Climber)

자신은 이 가운데 어디에 해당되는지 곰곰이 생각해 보기 바란다.

어려운 일을 당하면 바로 포기하며 떠나가는가? 아니면 혹시나 어떤 기대나 행운을 바라고 그 자리에 머물러 있는가?

그렇지 않다면 당신은 대단한 사람이다. 위험하고 험난한 장벽을 인내심을 가지고 오르는 사람이기 때문이다.

그런데 아무리 올라가도 아직 정상은 보이지 않고 몸도 좀 망가지고, 그동안 가족들에게 소홀했던 것이 좀 아쉽기도 하고, 만나고 싶은 친구도 잘 만나지 못하는 것에 대해 후회하지는 않을까?

정상을 오르기 위해서는 감수해야겠지만 결코 쉬운 길이 아니기에 그 길을 가는 사람은 대단해 보인다.

그런데 이보다 더 큰 사람이 있다.

더 이상의 사람은 없을 것 같은데 또 어떤 사람이 있을까?

그 사람은 자기의 힘으로만이 아닌 귀한 은혜로 이미 올라와 아직 못 오른 사람들에게 정상에서 밧줄을 내리며 격려하며 밧줄을 끌어 올리는 복된 사람이다.

이 사람은 바로 하나님의 은혜로 선행하게 된 리더(Leader)다.

당김음에는 이 리더처럼 미리 올라와 값없이 남을 돕고 이끌어 주는 실로 엄청난 하나님의 섭리가 담겨 있다. 나얼, 그는 당김음 같은 존재다.

"서원아! 우리가 해냈다!

너의 작은 기도 한마디, 네가 뻗은 팔 하나로 많은 것을 없애 주셨다.

넌 하나님의 진정한 멜로디다!" 나는 돈보다 더 큰 후원을 얻었다.

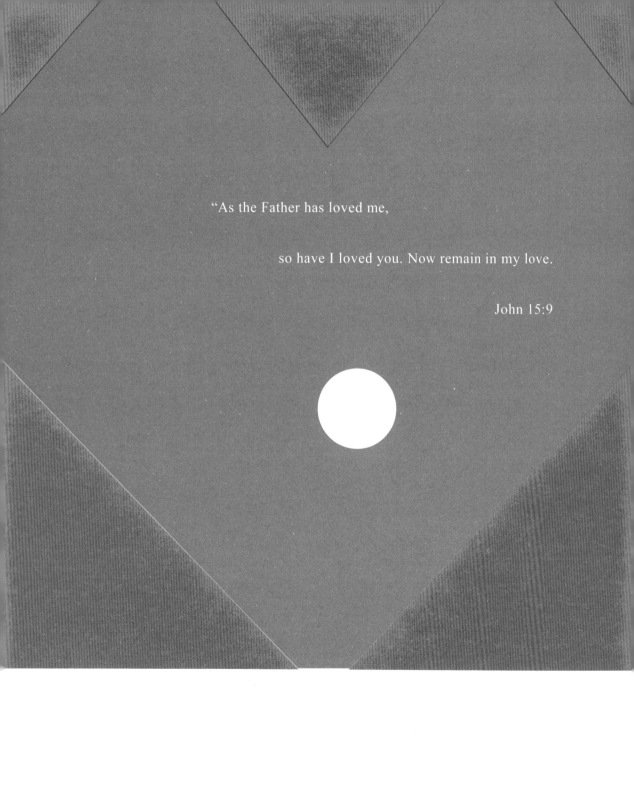

"As the Father has loved me,

so have I loved you. Now remain in my love.

John 15:9

10

도대체 무슨 돈으로…?

지난 10년 이상 잘 알고 지내온 재즈 아티스트를 내 공연에 게스트로 초대하여 차를 함께 타고 간 적 있다.

늘 존경했던 그 어른을 오래전부터 전도하려고 맘먹고 있었는데 기회가 좀처럼 생기지 않아 10년이 넘도록 한 번도 말을 꺼내지 못하고 있었다.

이번 기회에 용기를 내어 전도해 보려고 어렵게 얘기를 꺼냈다.

한 15분 정도 예수님의 십자가 사건 등을 얘기하는데, 그 어른이 갑자기 내 말을 막았다.

"이봐! 나 장로야!"

그렇다. 우리는 교회에서는 참 신실한데 세상에서는 전혀 알아차리지 못하는 사람일 수 있다. 이제는 좀 제대로 티를 내자고 나 자신을 다독였다.

우리 집 앞에는 수천 명이 다니는 큰 교회가 있다.

지난 겨울 어느 날 서울에 눈이 40cm 이상 내렸다. 도로가 온통 마비되었다. 극심한 교통 정체가 이어졌다. 차들은 기어다니다시피 했다.

미끄러질세라 엉거주춤 그 교회 앞을 지나는 길이었다.

눈이 그렇게 많이 왔는데도 교회 청년들이 주차장에 쌓인 눈을 치우기 위해 어찌나 많이 모였던지 한 50명은 되어 보였다.

그들은 즐거운 맘으로 가스펠을 흥얼거리며 서로에게 미소를 띠며 쌓인 눈을 즐겁게 치우고 있었다.

영하 15도의 추운 날씨인데도 그들의 이마에는 땀이 흘렀다. 자매들은 따뜻한 커피를 즐겁게 날랐고, 나이 드신 어른들도 옆에서 도우려고 애썼다. 참으로 천국의 모습이었다.

참 흐뭇한 광경을 목격하고 한 아파트 사이를 지나가는데 거기서 눈을 치우는 몇몇 관리인과 상가에서 나온 사람들을 보았다. 그들은 '웬 눈이 이렇게 많이 오고 난리야'라며 씩씩거렸다. 그렇게 치우다가 마침내는 서로 누가 여기를 치우니 마니 하며 싸우기까지 하는 것이었다.

그중 한 사람은 내가 평소에 잘 아는 집사님이었다.

내가 전에 다녔던 회사나 가르치던 대학에서도 '믿음 좋은' 그리스도인들이 많았다. 그런데 교회에서는 즐거운 마음과 열성이 있지만 교회 밖에서는 어떤 사명감이나 기쁨을 잘 느낄 수가 없는 경우가 많았다.

그렇다. 우리는 늘 교회 따로 세상 따로다. 교회에서는 맘씨 좋은 집사님인데 일터에서는 정반대다. 교회 사람들에게는 늘 인심이 후

하여 같이 식사를 하면 아무리 말려도 항상 모든 사람의 밥값을 계산하려는 사람이 회사에서는 소문난 구두쇠인 경우도 허다하다.

교회에 헌금하기는 쉽지만 나그네를 접대하기는 매우 어려운 모양이다. 교회 건물에는 눈부신 네온사인까지 밝히면서 세상에서는 촛불 하나 밝히지 못하는 그리스도인이 참 많은 것 같아 서글프다.

많은 사람들이 궁금해 한다.

"도대체 무슨 돈으로 이 앨범을 만드나?"

짐작해 봐도 꽤 큰돈이 들 법한 이 앨범을 도대체 '누가' 뒤에서 도와주느냐가 늘 주위 사람들의 관심사였고 기자들 역시 인터뷰 때마다 묻던 단골 질문이었다.

특히 〈i am Melody〉가 처음 출시될 때는 꽤 큰 호텔에서 150여 명의 기자들을 초대해 기자회견까지 열었는데, 관심사는 모두들 제작비용이 얼마 들었느냐에 있었다.

사실 얼마 들었는지 난 계산도 안 한다. 돈을 얼마 썼는지 계산을 안 하는 경우가 두 차례 있었는데, 한 번은 여행을 할 때였고 한 번은 〈i am Melody〉 앨범 만들 때였다.

계산하면 머리만 아프고 걱정에 내가 이끌려 좋은 것을 잃을 수 있기 때문이다.

돈. 현대인이라면 돈을 떠나 뭔가를 하는 것은 불가능하다.

성경에도 '돈을 사랑하는 것이 일만 악의 뿌리'라고 했지만 '돈' 없이 무엇을 할 수 있을까. 내가 이제껏 만난 사람 중에 돈으로부터 자유로운 사람은 단 한 명도 없었다.

나도 마찬가지다.

〈i am Melody〉 음반 출시 기자회견.

애써 계산만 안 하려고 한 것일 뿐이다.

이런 사람은 보았다. 돈에 관해서는 전혀 생각하지 않는 것처럼 보이지만 실제로 그 사람은 굶을 수 없는 위치에 있는 사람들이었다. 기술이 있어 항상 벌 수 있거나 실직을 해도 갈 수 있는 곳이 있고, 아니면 모아 놓은 게 있거나 그동안 뿌려 놓은 것이 있어서 노후나 자식 뒷바라지까지는 별로 걱정이 필요 없는 사람 등이다.

〈i am Melody〉를 만들 때에는 내 돈으로 하면 되는 것이고 좀 하다가 모자라면 좋은 일이니 누군가 도와주겠지 하고 약간의 기대를 했다.

하지만 만들기 전에 나름 세운 원칙이 하나 있었다.

교회에서 봉사할 사람은 넘쳐나는데 교회 밖 세상에서 빛과 소금이 되고자 하는 사람은 매우 적다. 그것을 하자고 자처한 이상, 될 수 있으면 교회의 도움은 받지 말자!

125

그래서 교회가 못 하는 일을 세상에서 한번 해 보자고 즐거운 맘으로 덤볐다.

교회가 아닌 기업 두 군데에 제안서를 보냈다. 감감 무소식. 아마도 그대로 쓰레기통에 직행한 것 같았다.

'교회에 다시…'

하필이면 그때 '아라우나의 타작마당'을 읽을 건 뭔지. 사무엘하 24장의 이야기다.

든든한 후원자 하나님을 믿지 못하고 '자주 국방'의 기치를 내건 다윗 왕이 인구(지금도 무관하지는 않지만, 고대에는 인구는 곧 군사력이요 국력이었다) 조사를 전격 실시한다. 물론 하나님은 진노하셨고, 그 벌로 이스라엘 전역에 전염병이 돌아 백성 7만 명이 죽는다. 뒤늦게 깨우친 다윗 왕은 하나님께 애원한다. "나는 범죄하였고 악을 행하였거니와 이 양 무리는 무엇을 행하였나이까. 청하건대 주의 손으로 나와 내 아버지 집을 치소서."

선견자 갓이 다윗에게 이른다. "여부스 사람 아라우나의 타작마당에서 여호와를 위하여 재단을 쌓으소서."

다윗은 갓이 일러 준 대로 아라우나의 타작마당으로 갔고, 다윗 왕이 오는 까닭을 안 여부스 사람 아라우나는 다윗 왕에게 이렇게 말한다. "원하건대 내 주 왕은 좋게 여기시는 대로 취하여 드리소서. 번제에 대하여는 소가 있고 땔 나무에 대하여는 마당질 하는 도구와 소의 멍에가 있나이다. 왕이여 아라우나가 이것을 다 왕께 드리나이다. 왕의 하나님께서 왕을 기쁘게 받으시기를 원하나이다."

다윗 왕은 이번엔 방심하지 않았다. 왕의 권력으로 아라우나의 소유를 징발하지도 않았고, 아라우나의 충정을 좋아라 덥석 받지도 않았다.

다윗은 아라우나에게 이렇게 말한다.

"그렇지 아니하다. 내가 값을 주고 네게서 사리라. 값 없이는 내 하나님 여호와께 번제를 드리지 아니하리라."

다윗 왕은 은 오십 세겔로 타작마당과 소를 사고 그곳에 여호와를 위하여 제단을 쌓고 번제와 화목제를 드렸다.

여호와는 재앙을 멈추셨다.

성경의 이 메시지를 확인하고도 후원 요청을 할 만큼 나는 강심장이 아니다. 결국 나는 후원 요청을 포기했다.

덕분에, 앨범이 출시되면 수익의 일부를 외국인 근로자들을 위해 아주 작은 교회를 임대라도 해 주려고 했던 내 당찬 꿈도 아직은 이루지 못했다.

왜 하필 그때 아라우나의 타작마당 이야기가 눈에 띄었는지….

녹음을 하러 미국에 갔다. 일을 마치고 여행을 하려고 서원이도 데려갔다.

캘리포니아 주 여러 곳을 여행하다가 마지막 여정으로 네바다 주 사막에 위치한 화려한 도시 라스베이거스로 갔다. 여러 번 다녀온 경험이 있지만 라스베이거스는 도박의 도시에서 가족 여행의 중심지로 변해 가고 있는 듯해 보였다.

거대한 호텔에서는 뉴욕의 브로드웨이 쇼를 볼 수 있고 수영과 골프 등 레저산업이 발달되어 있고, 각종 박람회나 컨벤션이 열리기도 하여 많은 볼거리를 자랑한다. 그중에 가장 돋보이는 것 중 하나가 쇼핑인데, 최고 시설의 시원한 쇼핑몰과 아울렛 등이 넘쳐난다.

세계 모든 브랜드의 의류 상품들이 있고 각종 전자제품이나 예술품들이 즐비하다.

그중 대표적인 호텔이나 상점들이 몰려 있는 곳은 베이거스 스트립(Vegas Strip)이라는 메인 거리인데, 흔히 이상한 성인들이 즐기는 스트립 쇼(Strip Show)라는 것이 바로 이 거리의 이름에서 유래된 것이다. 만일 이 거대한 라스베이거스 중 가장 큰 매장을 갖고 있는 회사라면 얼마나 돈이 많을까?

땅 값이 엄청나고 유명 브랜드로 넘쳐나는 이곳에서 제일 큰 매장을 갖고 있는 회사는 굉장한 파워를 지니고 있을 것이다. 도대체 그 회사는 어디일까?

그건 바로 최근 베이거스 스트립에 오픈한 FOREVER 21이다.

이 회사는 한국인 출신의 부부가 운영하는 의류회사인데 그 규모가 상상을 초월한다. 세계적으로 유명한 브랜드이며 성장하는 속도가 실로 엄청나다.

이 회사의 오너는 독실한 그리스도인으로, 미국에 있는 어느 교회의 장로님이기도 하다.

내가 그분들과 직접 아는 사이는 아니지만 전해들은 얘기로는 한 달에 천문학적 금액을 기부하고 자신들은 늘 소박하게 산다.

'FOREVER 21'은 아마도 미국으로 건너간 21살 때의 열정과 사명감을 잊지 말자는 뜻이 아닌가 생각한다.

이 회사는 최근 영국에도 진출했는데 무척 힘든 싸움을 벌였다.

'FOREVER 21' 쇼핑백 밑에는 요한복음 3장 16절, "하나님이 세상을 이처럼 사랑하사 독생자를 주셨으니 이는 저를 믿는 자마다 멸망치 않고 영생을 얻게 하려 하심이니라"가 새겨져 있는데, 이미 비기독교국가이고 이슬람화가 많이 된 영국에서 성경구절이 쓰인 쇼핑백을 허락받기는 거의 불가능하기 때문이다.

그러나 끝까지 고집한 'FOREVER 21'의 싸움은 결국 승리하여 영국에서 매장을 오픈하게 되었다.

미국 서부에 사는 사람들이라면 더러 알겠지만 맥도날드 같은 유명한 햄버거 전문점 'IN & OUT'이란 곳이 있다. 이곳은 햄버거의 고기를 얼리지 않은 생고기를 사용하고 감자도 통감자를 그 자리에서 직접 잘라 튀겨 내고 값은 맥도날드 가격으로 파는 것으로 유명하다. 그런데 그곳에서 주는 탄산음료를 마시는 종이컵 바닥 옆쪽에도 요한복음 3장 16절을 뜻하는 'John 3:16'이 쓰여 있다.

아무튼 어느 날 라스베이거스에 있는 'FOREVER 21' 주위에 여러 옷 파는 매장들을 다니며 서원이와 같이 쇼핑했다.

한 가게에 들어가 둘러본 후 옆 가게를 들어갔는데 서원이가 갑자기 보이지 않았다. 늘 손을 잡고 다녔지만 바로 옆 가게라서 안심을 했던 것일까 아무리 살펴도 아내와 내 주위에 서원이가 보이지를 않았다. 한참을 찾다 보니 저 멀리 어떤 유명 옷 매장 진열대 앞에서 손으로 태권도를 하듯 "얍! 얍!"하며 팔을 뻗었다 접었다 하고 있었다.

요즘 내가 어릴 적 푹 빠졌던 옛날 만화영화 '로보트 태권 V'를 DVD로 사 줘서 그런 건지 창피해 하지도 않고 마치 진열대 유리를 부술 기세였는데 참 귀여웠다.

다가가서 물었다.

"서원아 너 여기서 뭐하고 있는 거야? 여기는 미국이야. 사람들이 너 보고 '한국에서 이상한 아이가 왔구나' 그러겠다."

5살의 어린 서원이는 서툰 말로 대답했다. "아빠, 여기 아빠가 가르쳐 준 나쁜 것들이 옷에 그려져 있어. 그래서 내가 없어지게 하는 거야."

난 서원이가 4살 때부터 '사탄 마크'라고 할 수 있는 여러 심벌이나 그림들을 가르쳐 주었다. 그것을 어린아이에게 설명하는 것은 불가능하지만 너무나도 유행되는 안 좋은 마크들을 그냥 묵인해 줄 수 없었다. 그 마크들을 우리는 무심코 몸에 지니고 다니거나 그런 마크가 새겨진 옷을 입고 다니는데, 내가 어떻게 말릴 수도 없고 답답해서 우리 서원이에게만은 어려서부터 가르쳐 주었다. 그런 마크들은 타락의 지수라고 생각했기 때문이다.

마치 모기처럼 말이다. 겨울철에도 날아다니는 모기의 개체 변화가 환경오염의 지수라고 말하는 것처럼, 이런 안 좋은 마크들도 그 지수가 된다고 생각한다.

내가 15년 전 유학할 당시만 하더라도 이런 마크들은 좀 덜했는데, 이제는 그런 마크들이 범람한다.

내가 너무 민감한 걸까? 사실 난 마음이 넓고 용서를 잘한다고 자부하는 사람이다.

뭐든지 민감해서 까다로운 사람이라고 여겨질 것 같아 좀 아쉽다.

그러나 단 한 가지, 죄에 대해서는 그 어느 누구보다도 민감해야 한다. 죄까지 사랑과 관용으로 포용한다면 선악과까지 보통 과일과 마찬가지라고 포용한 아담과 이브가 또다시 되어 버린다. 그래서 아들에게는 어릴 적부터 죄에 대해서는 민감하게 반응하도록 가르치려고 애를 썼다.

남의 매장 앞에서 태권도 흉내를 내는 서원이에게 나는 이렇게 말해 주었다.

"서원아, 네가 태권V처럼 이렇게 하는 것보다 저런 마크가 보이면 잠시 서서 속으로 기도하는 게 더 좋아. 아빠랑 한번 기도해 볼까?"

난 주위를 살피며 조용히 서원이의 귀에 대고 작은 소리로 아무도 눈치 못 채게 기도를 했다.

"하나님, 여기 나쁜 마크들이 옷에 그려져 있어요. 사람들이 왜 그러는지 모르겠어요. 하나님이 꼭 없애 주세요. 예수님의 이름으로 기도합니다. 아멘."

그렇게 하자 서원이가 "아멘"을 하며 눈을 뜨면서 나에게 이렇게 묻는 것이 아닌가.

"아빠, 그런데 이렇게 기도하면 하나님이 전부 없애 주셔?"

"……"

난 말문이 막혔다.

내가 아는 하나님은 충분히 그러실 수 있지만 이 넓은 땅에 정말 이 마크들이 더 늘어났지 줄어들 리 없기 때문이다.

내 믿음이 부족한 것이 아니라 현실은 현실이니까 만감이 순간 교차하면서 이렇게 얘기해 줄 수밖에 없었다.

"서원아, 음…, 하나님이 다 없애 주시지는 않을 거지만 아빠랑 같이 기도했으니깐 많이 없애 주실 거야."

그렇게 얘기하면서도 난 무척 답답했다.

만약 이런 옷을 만드는 공장이나 디자이너들을 안다면 직접 따지기라도 하고 싶은 심정이었다. 그럴 수도 없는 노릇이고 그저 내가 할 수 있는 일은 기도나 오로지 〈i am Melody〉 앨범이나 만들어 몇 장이라도 이런 곳에 전하자라고 위안을 삼았다.

믿는 자에게는 능치 못하는 일이 없다고 하지만 살다 보면 그런 일이 한두 번인가.

심지어 예수님도 십자가에 달리시기 전에 그 일을 할 수만 있으시다면 성부 하나님께 거두어 달라고 기도했다. 그러나 하나님은 "예스"라고도 답하지 않으시고 "노"라고도 하지 않으셨다. 그저 침묵하셨다. 마치 서원이와 내 기도에 침묵하신 것처럼 말이다. 아무 말씀도 안 하시고 예수님의 기도에 '침묵'하셨는데, 이것이 성경에서는 가장 대표적인 응답기도라는 것을 알았다. 만일 그 기도를 들어 주시어 예수님이 십자가에 달리시지 않았다면 어떻게 되었을까 상상해 보라. 늘 응답을 달라고 때마다 산에 올라가서 기도하는 사람들도 '침묵'의 응답이 얼마나 큰 응답인지 알았으면 좋겠다.

나는 서원이의 질문처럼 하나님이 그 마크들을 없애 주실 것인가는 다 그분의 뜻에 달려 있다고 위안 삼지만 '늘 침묵하시는 하나님'에게 약간 실망한 것은 어쩔 수 없는 사실이다. 그런데 여행을 마치고 한국으로 돌아오는데 이번에는 LA 공항의 어느 가게 앞에서 서원이가 또 혼자서 그러는 것이 아닌가.

공항 내의 작은 기념품 가게에 들어간 서원이가 이번에는 그런 마크들이 새겨져 있는 열쇠고리들을 발견한 것이었다. "얍, 얍" 하던 서원이는 내가 쳐다보니 아차 하면서 갑자기 눈을 감고 기도를 하는 것이었다. 그런 추억을 간직하며 우리는 한국으로 돌아왔다.

그런 경험을 하고 만 일 년 후, 우연히 나는 어떤 모임에 참여하게 되었다. 그 자리에는 20명 정도의 이런저런 사람들이 모여 앉아 담소를 나누고 있었는데 나를 깜짝 놀라게 한 일이 일어났다. 내 앞자리에 'FOREVER 21'의 회장님이 앉아 계신 것이 아닌가.

이럴 수가 있는가. 내가 진심으로 후원을 받고 싶은 곳은 이 회사 한 곳뿐이었는데, 아주 우연한 기회에 내가 가게 된 자리에서 그 회장님이 내 바로 앞에 있었던 것이다.

나는 이것이 완벽한 하나님의 섭리이자 내 일생 최고의 기회라고 생각하고 마침 가방에 있던 〈i am Melody〉 앨범을 한 장 드렸다. 워낙 바쁘신 것 같아 이 앨범에 대해 잠시 10초도 설명할 시간이 없었지만 일단 앨범을 직접 드렸다는 것으로 만족했다. 그랬더니 회장님은 자기의 명함을 한 장 주시면서 연락 한번 하라는 것이었다.

하지만 연락할 자신이 도저히 들지 않았다.

그분이 세계적 큰 회사의 회장이라서가 결코 아니다. 사실 나는 사람을 존경은 해도 어느 누구도 두려워하지는 않는다. 아마 빌 게이츠도 언젠가는 만나 환경 호르몬과 전자파에 대해 이야기해 주며 "Jesus is the Only Way"라고 당당히 선포할 날이 오리라고 생각한다.

내가 우연히 만난 'FOREVER 21' 회장님에게 이메일을 보내지 못한 이유는 따로 있었는데 그것은 그놈의 '아라우나의 타작마당' 때문이다. 다윗이 왜 그렇게 행동을 했고 왜 그 내용이 자꾸 떠오르는지 선뜻 메일을 보낼 수 없었다.

그러기를 4개월, 도저히 참을 수 없었다.

〈i am Melody〉 앨범뿐 아니라 여러 뮤직 비디오를 제작하고 일본에 가서 길거리에서 무료로 배포하며, 외국인 근로자 각 나라별 교회를 세우고, 대규모의 〈i am Melody〉 공연 등을 해야 하는데 나의 재정으로는 한계를 느꼈다. 그래서 '아라우나'가 떠오르기 전에 후원을 요청하는 메일을 회장님께 보냈다.

그리고 하루에 몇 번씩이고 답장을 기대하며 받은 편지함을 확인했다. 며칠을 기다려도 답 메일이 안 오더니 한 달을 기다려도 답은 오지 않았다.

거의 포기를 하고 말았다. 그러던 어느 날 한 여성의 전화가 왔다. 그녀는 나를 잠시 만나자고 하는 것이 아닌가.

그녀는 나의 전화번호를 알아 내기 위해 여러 군데 수소문을 했다고 한다. 과연 누구이기에 모르는 나를 만나자는 것이었을까. 때마침 내가 공연이 있어 늦게 끝나는 날이었는데 밤 10시라도 보자는 것이었다. 바로 그분은 'FOREVER 21' 회장님의 사모님이었다.

난 공연이 끝난 후 뒤풀이도 하지 않고 곧바로 달려가 사모님을 만났는데 너무나도 수수한 사모님은 내가 여태껏 들어보지 못한 액수의 매출을 올리고 있는 회사의 회장님 사모님이라고는 생각되지가 않았다. 난 혹시나 해서 〈i am Melody〉에 관한 자료와 제안서 등을 가지고 갔었다.

드디어 사모님과 대화가 시작되었다. 내가 편지를 보낸 회장님은 하루에도 수백 통의 이메일을 받는데 거의 모두 휴지통에 버린다고 한다. 회장님은 내 메일이 잠시 눈에 띄어 읽었다가 역시나 하고 바로 휴지통에 버렸다고 한다. 그러던 어느 날 사모님의 꿈에 자꾸 일본이 나와서 '이거 혹시 일본 선교를 하시라는 뜻이 아닌가'라는 의문이 생겼다는 것이다.

그래서 회장님께 얘기했더니 갑자기 쓰레기통에 예전에 버린 내 이메

일이 생각이 나서서 다시 샅샅이 찾아 나에게 연락을 한 것이다. (내가 얼마나 어수선한지 메일을 보내며 내 연락처는 잊어먹고 안 보내서 내 연락처를 여러 군데 물어보셨던 것이다.)

꿈이라는 것에 대해 난 잘 믿지 않지만 이때부터 약간 생각을 달리했다.

이런 이야기를 들으면서 대화의 문이 열리고 처음부터 후원을 얘기하는 것이 좀 어색해서 평소에 내가 의류업계 종사자에게 꼭 해드리고 싶었던 안 좋은 마크들에 대해 얘기를 꺼내었는데 매우 관심을 가지시는 게 아닌가.

알고 보니 사모님은 회사의 의류 선택을 비롯해 전적으로 모든 업무를 책임지고 계셨다.

내가 그동안 쌓아 두었던 얘기를 꺼내며 얘기하다 보니 어쩌다 환경 호르몬, 안 좋은 장르의 음악 이야기까지 나오게 되었다. 사탄마크에 대해서도 아는 범위에서 최대한 내용을 압축해 요점만 말하는데도, 이미 두 시간이나 지나가 버렸다. 난 10분 정도 만날 수 있을 거라 생각했는데 시간이 그렇게 지나 버린 것이었다.

아직 후원 얘기는 꺼내지도 못했는데 갑자기 내 얘기를 듣고 계시던 사모님께서 이렇게 말씀하시는 것이었다.

"얘기해 주신 내용들 너무 감사드려요. 혹시 LA에 언제 오시나요? 오시면 꼭 연락 주세요. 그리고 아까 말씀하신 마크들은 저도 몇 개는 어떤 선교사님에게 들어서 알고 있는데 자세히 들어 보니 이보다 훨씬 심각하군요.

몇 달 전 이런 일이 있었어요.

저희 디자이너들이 옷을 디자인하고 다른 협력사로부터 납품을 받아서 오면 제가 확인할 때도 많은데요, 어떤 옷을 보니 작은 무늬가

빼곡히 그려져 있는 것이었어요. 그 옷은 색과 재질이 좋아 제가 승인해 주었어요. 그런데 좀 이상해서 다시 꺼내와 돋보기를 쓰고 자세히 보니 얼마 전 어떤 선교사님이 나쁘다고 한 마크가 아주 작게 수천 개가 그려져 있었던 거였어요. 너무 작아서 안경을 안 꼈을 때는 안 보였던 거죠.

그래서 이 옷은 주문하지 말라고 직원에게 얘기를 했지요. 그랬더니 그 직원이 이 옷은 이미 주문을 완료해서 백만 달러(11억 원)어치가 이미 창고에 입고되었다는 거예요.

그렇게 들여온 옷은 반품할 수가 없거든요. 너무 갈등이 되었어요. 이것을 팔아야 되는 건지 말아야 되는 건지…. 고심을 하고 고심을 해서 결국 결론을 이렇게 내렸지요.

'그 옷 전부 없애 버리게!' "

난 순간 숨이 멎어 버렸다.

11억 원의 옷을 소각해 버린다는 것이 상상이 가지 않았지만, 그보다 더 눈물이 줄줄 흐르게 만든 것이 있었다. 다름 아닌 우리 서원이가 떠오른 것이다.

서원이가 진열대 앞에서 했던 말 "아빠, 이렇게 기도하면 하나님이 없애 주셔?"

"그럼" 하고 시원하게 얘기 못 해준 그때의 장면이 내 앞에 생생하게 떠올랐다.

갑자기 눈물을 흘리는 나를 이상하게 생각하는 사모님을 아랑곳하지 않고 오직 집으로 뛰어가고 싶은 심정뿐이었다.

이 기쁜 소식을 아들에게 전해 주고 싶었다.

서원이의 기도가 이루어진 것이다. 하나님이 그 마크를 많이 없애 주신 것을….

난 후원이고 뭐고 다 필요 없었다.

일 년 전 라스베이거스의 쇼 윈도우 앞에서 있었던 일이 생각나 흥분이 되어 더 이상 그 자리에 있기가 힘들었다.

후원 얘기는 한마디도 못한 채 '만나 뵙게 되어서 정말 감사하다'고 말씀드리고 나와서 곧바로 집에 들어가, 자고 있던 서원이를 꼭 끌어안았다.

"서원아! 우리가 해냈다! 너의 작은 기도 한마디, 네가 뻗은 팔 하나로 많은 것을 없애 주셨다. 넌 하나님의 진정한 멜로디다!"

나는 돈보다 더 큰 후원을 얻었다.

재즈에 대해 전혀 모르는 사람도 '블루노트'만으로 연주를 할 수 있고

처음 재즈 공부를 시작하는 사람들은 거의 대부분 이 음계부터 배운다.

스티브 갓 같은 세계적인 재즈 뮤지션이 우리의 장구를 배운 것은

우리의 음악(음계)에 세계인이 공감할 수 있는 어떤 공통분모가 있기 때문은 아닐까.

When my glory passes by,
I will put you in a cleft in the rock
and cover you with my hand until I have passed by.

Exodus 33:22

11

어메이징 그레이스!

우리 시대의 위대한 그리스도인 작가 필립 얀시는 『놀라운 하나님의 은혜』(한국IVP 역간)의 서두에서 '은혜'에 관한 흥미로운 이야기를 한다. 이 두꺼운 책을 다 읽기도 전에 나는 이것만 보고도 그가 말하려는 하나님의 은혜를 깨달아 버렸다.

얀시는 은혜를 뜻하는 영어 단어 'Grace'가 만들어 낸 파생 단어들을 추적한다.

우리는 식전에 감사 기도를 드리고(say grace), 타인의 친절에 고마워하고(grateful), 반가운 소식에 기뻐하고(gratified), 성공했을 때 축하받고(congratulated), 손님을 정중하게(gracious) 모시고, 서비스가 맘에 들면 팁(gratuity)을 놓고, 영국 신민들은 왕을 "유어 그레이스(Your grace)라고 부르고(이 말을 '폐하'로 옮겼는데, 어감이 천지차이다), 사면령(act of grace)을 내려 죄수를 풀어 주고, 뉴욕 출판사들은 얹어 주기 정책(gracing)을 만들어 잡지 정기구독이 끝나도 몇 권을 무료로(gratis) 보내 주고, 옥

140

스퍼드나 케임브리지 학생들도 일부 과목 면제 해택(receive a grace)을 받으면 우리처럼 좋아라 '은혜받았다'고 말한다. 또 별로 유쾌하지 않은 단어들 속에서도 얀시는 은혜의 역설을 발견한다. 배은망덕(ingrate), 불한당(disgrace), 기피 인물(persona non grata)….

이 말들에는 "과분한 것을 받은 자의 순수한 기쁨이 배어 있다"고 얀시는 말한다. 그의 그레이스 단어 찾기는 가히 그레이스 단어 묵상이다. 이 훌륭한 작가는 단어만 갖고도 묵상을 하고, 하나님의 은혜를 발견한다.

> "이런 갖가지 영어 용례를 보아 은혜란 분명 놀라운 일이다. 과연 우리 시대 마지막 최고의 단어다. 물 한 방울 속에 해의 모습이 숨어 있듯이 복음의 진수가 그 속에 들어 있다. 세상은 자기도 모르는 사이에 은혜에 목말라 있다."

그런데 얀시는 '꾸밈음(grace note)'이라는 음악 용어에서도 무심코 지나칠 수 있는 은혜의 의미를 찾아낸다.

> "작곡가는 꾸밈음을 악보에 넣을 수 있다. 원곡조는 아니지만, 별도 추가니까(gratuitous), 없으면 서운할 예쁜 장식을 보태는 것이다. 나는 베토벤이나 슈베르트의 피아노 소나타를 처음 대하면 우선 꾸밈음 없이 몇 번 쳐 본다. 그것도 그런 대로 곡은 되지만, 향료처럼 곡에 맛을 더해 주는 꾸밈음을 넣어 치면 얼마나 다른지 모른다."

그러고 보니 이 은혜의 작가 얀시는 내 전공을 건드린 게 아닌가.

이럴 때 더러 이러는 사람들이 있다. "아니, 내 밥그릇에 손을 대!" 그 순간 그는 밥그릇 주인의 '기피인물'이 된다. 그렇지만 나는 꽤 통 큰(gracious) 사람이다.

운전을 하다 보면, 앞차에 부딪칠 듯 아슬아슬한 경우가 많지만 그 차를 들이받는 일은 없었다. 주차를 할 때면 거의 언제나 뒤에 닿을 것 같아 마음 졸이지만, 아직 그런 일은 일어나지 않았다. 나를 태워다 주는 택시 기사님은 도저히 못 빠져 나갈 것 같은 좁은 골목길에서도 잘만 달린다.

내가 앞차를 추돌하지 않은 것은 내 차와 앞차 사이에 여유 거리가 있었기 때문이다. 주차하느라 손에 쥔 땀을 닦으면서 내려 확인해 보면 여유 공간이 있었기 때문에 초보운전자에게는 고난과도 같은 주차를 무사히 해낼 수 있었다. 나를 태워다 준 '25년 무사고' 택시 기사도 골목길에 여유 공간이 있었기 때문에 그 자랑스런 배지를 달 수 있었던 것이다.

나는 그런 '여유 공간'에 그래서 감사한다. 공감하는 사람들은 앞으로 이 공간을 나처럼 '은혜의 공간(grace space)'이라 부르길 바란다.

운전을 오래 하다 보니 그렇게 '은혜의 공간'을 발견하게 됐다. 하지만 클래식 음악에는 '그레이스 노트(Grace Note)'가 있는데 재즈에는 없을까? 베토벤이나 슈베르트의 곡을 그레이스 노트 없이 치면 밋밋하다고 하는데 재즈에서 도대체 이 그레이스 노트는 무엇일까?

나는 치즈피자를 먹으면서 계속 치즈를 찾고 있었다. 재즈의 1/3을 '은혜의 장식음'이 차지하고 있었음에도 여태껏 너무 많아서 그것이 그레이스 노트라는 사실을 깨닫지 못한 것이다.

치즈가 너무 많이 녹아 있었던 탓이다. 클래식처럼 이 장식음을 빼고 쳐 보려 하니 아예 칠 수가 없을 정도였다. 그렇다. 재즈는 그레이스 노트가 범벅이 된 은혜의 음악이다.

우리는 어떤 선한 행동을 하면서 두 가지 보상을 생각한다. 남이 알아주는 보상과 나중에 천국에서 받을 보상. 오른손이 하는 것을 왼손이 모르게 하듯 착한 행실을 하더라도 천국에서 받을 상을 기대하는 것이 우리의 솔직한 모습이다.

아주 좋은 집에서 각종 유럽산 자동차를 종류별로 갖추고 내가 세상에서 가장 싫어했던 직장 상사를 운전기사로 고용해 날마다 여행을 다닌다. 이 정도면 천국에서 받을 상으로도 꽤 크지 않을까.

그런데 천국에서 내가 문지기가 된다면 기분이 어떨까?

이 세상에서 부귀영화를 누리는 것보다 천국에서 문지기가 낫다고 하지만, 올라가 보니 정말 '천국 문지기 5번 게이트 곽윤찬'이라는 이름표가 떡 하니 준비되어 있다면? 아마 다시 이 세상으로 보내 달라고 할 것 같다.

은혜의 장식음인 그레이스 노트가 이 천국의 문지기와 같다.

그레이스 노트는 다른 음들과는 달리 악보에 매우 작게 표기한다.

일반 악보

그레이스 노트가 있는 악보

조금만 멀리서 보면 잘 보이지도 않는 초라한 음이다.

하지만 이 작고 초라한 음은 늘 행복하다. 크고 두꺼운 음들을 늘 돕고 섬기며 기뻐한다. 조금 작게 울리더라도 큰 음을 도울 수 있어서 춤을 추듯이 기쁜 소리를 낸다. 재즈에서 이 보잘것없는 장식음은 음악의 느낌과, 감정, 기분, 정서, *그루브 등 모든 것을 표현한다. 이 음은 재즈 음악의 문을 겸손하게 지키는 작은 문지기다. 이 작은 문을 못 지키면 성은 적들에게 함락되고 만다. 이 영원한 문지기는 작은 문을 지키는 것처럼 보이지만 실제로는 큰 성 전체를 지키는 것이다.

세계인들이 가장 좋아하는 음악은 무엇일까? 베토벤의 〈비창〉? 비틀즈의 〈Yesterday〉? 마이클 잭슨의 〈Beat it〉?

이 노래들을 다들 좋아할 것 같다. 그런데 여기에 꼭 넣어야 할 곡이 하나 더 있다. 〈어메이징 그레이스〉(우리나라 찬송가에는 '나 같은 죄인 살리신'으로 나와 있다)가 그것이다.

유투브(YouTube)에 들어가서 'Amazing Grace'를 검색해 보라.

우리에게도 익숙한 이름들부터 보자. 일 디보(Il Divo), 스웨토 가스펠 콰이어(Soweto Gospel Choir), 나나 무스쿠리(Nana Mouskouri), 엘비스 프레슬리(Elvis Presley), 수잔 보일(Susan Boyle), 켈틱 우먼(Celtic Woman)…

세계군악대회에서 우리의 전통 취타대 복장을 한 태평소 주자의 리드로 세계 각국의 군악대가 함께 연주하여 큰 감동을 준 곡도 〈Amazing Grace〉였다.

그리고 또 있다.

곽윤찬의 재즈 피아노 뮤직 비디오 〈Amazing Grace〉.

그루브 groove
재즈 연주를 할 때 연주자가 순간적으로 느끼는 절묘한 리듬감 또는 어울림.

144

세계인의 마음을 울리는 멜로디와 아프리카 노예 무역상 출신 존 뉴턴이 쓴 노랫말이 만들어 내는 〈Amazing Grace〉에는 험난한 인생을 살아온 한 인간이, 그리고 우리 모두가, 어느 날 갑자기 깨닫게 된 인생의 놀라운 은혜에 감사하게 하는 힘이 있다.

존 뉴턴의 인생은 크든 작든 굴곡진 인생을 살아오고 또 앞으로 살아갈 우리 모두의 인생이다.

그는 18세기 초 영국에서 태어났다. 상선의 선장인 아버지 밑에서 엄격한 통제를 받으면서 자라났다. 어린 나이에 선원이 되었고, 포악한 동료 선원들 틈에서 타락했다. 어느 날 그야말로 길을 가다가 강제 징집되어 전쟁터에 끌려갔고 모진 고생 끝에 탈영했지만, 더 끔찍한 노예가 되어 버렸다. 우여곡절 끝에 아프리카에서 풀려나 노예 무역선을 탄 그는 마침내 노예 무역선의 선장이 된다.

몇 번 열병으로 죽을 고비를 맞기도 하지만 그것이 끔찍한 욕설과 신성모독을 즐기는 그를 변화시키지는 못했다.

그러던 어느 날 북대서양을 항해하는 도중 큰 폭풍을 만나 구사일생으로 살아남은 그는 마음의 변화를 겪게 되고, 하나님에 대한 관심을 가지기 시작한다. 하나님을 알아가려고 노력하는 자비심 많은 노예 선장 존 뉴턴은 죽음에 직면한 위험과 공포, 노예를 관리해야 하는 부담감, 배신을 일삼는 선원들, 사랑하는 아내에 대한 그리움, 질병에 걸리면 손을 쓸 수 없는 상황 속에서 괴로워 하다가 결국은 열병에 걸린다. 그 후 그는 노예선 선장을 그만두고 영국으로 돌아온다.

돌아온 그에게 사람들은 성직자가 되라고 권유했다. 존은 생각했다. '나 같은 죄인이?'

화려한 과거 때문에 성직자가 되기는 매우 힘들었지만 그는 계속 노력했고, 마침내 38세의 나이에 영국 국교회의 목사가 된다. 뉴턴은 말년에는 영국 국회의원 윌리엄 윌버포스가 노예무역 폐지 운동에 앞장서기로 결심하는 데 큰 영향을 미쳤다. 〈Amazing Grace〉에는 존 뉴턴의 이런 인생 여정이 담겨 있다.

나는 〈i am Melody〉 앨범을 10명의 가수들과 만들기로 맘을 먹고 있었다. 가수들과 함께 녹음을 하기 전에 내가 직접 편곡하고 연주하고 섭외하면서 나만의 연주곡은 절대로 싣지 않기로 생각했다. 가수들과 앨범을 내면서 자칫 내 이름을 은근히 드러내고자 하는 욕심을 피하기 위해서였다. 그렇게 된다면 이 앨범에 오점을 남기는 것 같아 싫었다. 그래서 아예 처음부터 10곡을 준비하고 10명의 가수를 섭외했다. 그러나 결코 쉽지 않았다.

아무리 기도하고 애를 써도 마지막 한 명이 섭외가 되지 않았다. 평소 친분이 많은 가수들조차 여러 사정으로 참여할 수 없게 되었다. 어떤 가수는 생각해 본다고 하고 일 년이 지나도 답을 안 주거나 내가 감당할 수 없는 거액의 가창료를 요구하기도 했다.

물론 나는 그들을 충분히 이해한다. 내가 아는 가수들은 참으로 힘든 생활을 하고 있다. 공인으로서 제약된 삶은 뒤로하고도, 새로운 음반이나 공연 준비, 소속사와의 관계, 인터넷 악성 댓글 등은 그들을 늘 지치게 한다. 또 바쁜 일정으로 엄마나 아내가 해 주는 따뜻한 밥 한 끼 먹기도 힘들 뿐 아니라 수많은 사람들에게 둘러싸여 있는 것 같아도 그들의 인지도에만 관심을 가진 사람들 때문에 늘 외롭기 일쑤다.

그렇지만 섭외를 할 때 친하다고 생각했던 가수라도 거절할 때가 많아 나 또한 낙심이 많이 되었다. 그때마다 하나님의 은혜만 바라볼 수밖에 없었다. 그러나 그 은혜는 결국 내리지 않았나 보다. 마지막 한 명은 끝내 나타나지 않았다.

미국에서 하기로 한 녹음 날짜는 다가오는데 끝까지 사람이 채워지지 않아 거의 포기상태가 되어 버렸다. 9곡을 실어야 하는 상황이 되었는데, 이것은 미완성 앨범처럼 느껴졌다.

그동안 낸 4장의 내 앨범에는 각각 9곡씩 실었었다. 재즈는 곡이 길어 9곡으로도 충분하다고 생각했기 때문이다. 하지만 노래가 실린 〈i am Melody〉 앨범은 적어도 10곡은 되어야 한다는 내 생각에는 변함이 없었다.

결국 나는 내 연주곡을 하나 넣을 수밖에 없는, 싫은 상황이 되어 버리고 만 것이다. 부랴부랴 서둘러 준비를 해야 하는데 편곡보다는 선곡이 더 큰 관건이었다. 아무리 머리를 써도 답은 없고 주위 사람에게 물어보아도 모두 네가 알아서 하라는 말뿐이었다. 급박한 상황이라 입술에서는 저절로 기도가 나왔다. '하나님, 무슨 찬송가를 연주해야 할지 도무지 모르겠습니다. 은혜를 주십시오.' 은혜를….

'그렇다! 바로 은혜다! Grace! 왜 이 생각을 못했던 것일까! Amazing Grace! 그래 바로 이거야!'

찬송가 중의 찬송가 〈Amazing Grace〉는 결국 그렇게 선택된 것이다. 선곡을 하니 기쁜 마음에 편곡이 쉽게 나왔고 연주는 절로 되었다. 더욱 놀라운 은혜였다.

내가 연주한 것을 유투브(YouTube)로 찾아보면 내가 하는 말을 더 잘 이해할 수 있을 것이다.

〈Amazing Grace〉 뮤직 비디오는 내가 난생처음 세트장에서 찍은 뮤직 비디오다.

영상의 천재라 할 수 있는 송원영 감독은 이 뮤직 비디오를 찍기 전에 내게 큰 숙제를 하나 안겨 주었다. 〈i am Melody〉 앨범에 실린 그대로 연주해야 한다!

이건 내게 강의 원고 없이 강의한 것을 한 글자도 오차 없이 똑같이 다시 해 달라는 것과 같은 주문이었다.

재즈의 즉흥 솔로를 직접 만들어 외워서 연주하는 사람도 많지만, 나는 좀 못 치더라도 완전히 즉흥으로 연주한다. 〈i am Melody〉 앨범에 내가 연주한 〈Amazing Grace〉도 완전한 즉흥연주라서 똑같이 치는 것은 나에게 큰 부담이었다.

그래도 송원영 감독은 뮤직 비디오에서 들리는 음악과 내가 피아노로 연주하는 손가락의 영상이 서로 맞지 않는다면 마치 가수가 립싱크를 하는데 입모양이 노래와 전혀 안 맞는 것과 같다며 막무가내였다.

트랜스크립션
Transcription
재즈 용어로는, 어떤 즉흥 연주를 듣고 카피하여 악보로 적는 것을 말한다.

결국 립싱크처럼 '핑거싱크'를 해야 하는 상황이 되어 버렸다. 하지만 아무리 해 보아도 맞지를 않았다. 할 수 없이 나는 내가 연주한 곡을 생애 최초로 *트랜스크립션하게 되었다.

〈Amazing Grace〉 뮤직 비디오는 그렇게 찍은 것이었고, 이 영상에 또 다른 놀라운 은혜(Amazing Grace)가 그렇게 들어갔다.

〈Amazing Grace〉가 한국인을 포함한 세계인의 마음을 울리는 데는 그만한 음악적 비밀이 숨어 있다. 이 곡이 5음 음계(pentatonic

148

〈Amazing Grace〉 뮤직 비디오 촬영 현장.
유투브(www.youtube.com/watch?v=Y3eBavONwfY) 또는
'Jazz Pianist Yoonchan Kwak Amazing Grace'로 유투브 검색.

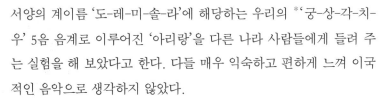

scale)로 되어 있다는 사실이다. 그리고 '솔라 솔라 도레도레 미 레 미도라솔~', 우리의 '아리랑'도, 재즈도 5음 음계를 빼고는 얘기할 수 없다.

궁-상-각-치-우
흔히 우리나라 5음계로 알려져 있지만 이는 잘못된 표현이다. 우리나라 음계를 지칭하는 정확한 표현은 '중-임-무-황-태'이다.

서양의 계이름 '도-레-미-솔-라'에 해당하는 우리의 *'궁-상-각-치-우' 5음 음계로 이루어진 '아리랑'을 다른 나라 사람들에게 들려 주는 실험을 해 보았다고 한다. 다들 매우 익숙하고 편하게 느껴 이국적인 음악으로 생각하지 않았다.

아프리카에서 사로잡혀 낯선 땅에서 가혹한 노동에 시달리던 노예들의 한 맺힌 노래에서 유래한 재즈에서 가장 중요한 음계인 '블루스 음계(blues scale)' 역시 '레#'이 추가된 5음 음계다.

특히 재즈에서는 5음 음계를 '블루노트'라 부른다. 120년 역사를 자랑하는 세계 최대의 재즈 음반사 '블루노트 레코드(BlueNote Records)'도 이 음계 이름을 딴 것이다. 나의 세 번째, 네 번째 앨범도 이 '블루노트' 사에서 나왔고, 덕분에 내게는 "한국인 최초로 '블루노트'에서…"라는 수식어가 따라다닌다.

블루노트 음반사에서 나오는 앨범의 CD에는 거의 통일된 블루노트 로고가 디자인되어 있다.

재즈에 대해 전혀 모르는 사람도 '블루노트'만으로 연주를 할 수 있고 처음 재즈 공부를 시작하는 사람들은 거의 대부분 이 음계부터 배운다. 스티브 갓 같은 세계적인 재즈 뮤지션이 우리의 장구를 배운 것은 우리의 음악(음계)에 세계인이 공감할 수 있는 어떤 공통분모가 있기 때문은 아닐까.

어디서부터 5음 음계가 왔느냐를 따지는 것은 사실 불필요한 소모전이고, 다만 5음 음계를 보면 인류는 원래 한 뿌리였구나 하는 생각이 든다.

그래서 세계 모든 민족이 5음 음계로 이루어진 〈Amazing Grace〉를 들으면 익숙한 멜로디처럼 들리고 가슴이 뭉클해지는 것이다.

애써 부인하려 해도 5음 음계에 실린 이 위대한 은혜는 놀라운 (Amazing) 은혜(Grace)를 입어 세계 방방곡곡으로 스며든다.

이 세상이 끝날 때까지 이 위대한 곡, 〈Amazing Grace〉는 계속 울려 퍼질 것이다. 얀시 이야기로 다시 돌아가 보자. 그가 은혜를 이야기하면서 어떻게 〈Amazing Grace〉를 빼놓았을까.

> "찬송가 '나 같은 죄인 살리신(Amazing Grace)'이 작곡된 지 200년이 지나서 각종 순위 차트에 진입하는 것도 놀랄 일이 못 된다. 안식처 없이 표류하는 세상이 믿음의 닻을 내리기에 은혜만큼 좋은 곳은 없다."

헤비메탈도 '베이스+드럼+기타' 구성이 기본이고

거기에 오르간을 보태거나 기타를 한 명 더 쓰거나 한다.

마찬가지로 교회에서 가스펠 밴드도 트리오 구성에다가 다른 악기를 옵션으로 추가한다.

나도 '곽윤찬 공연'으로 활동하기보다는 상황에 따라 멤버가 좀 바뀌더라도

'곽윤찬 트리오'로 공연할 때가 대부분이다.

나는 이 트리오에서도 삼위일체에 대한 이해를 얻는다.

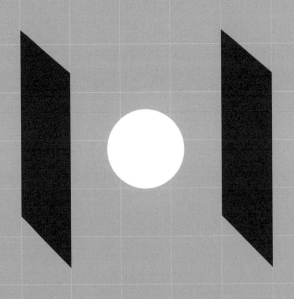

What is more, I consider everything a loss compared to the surpassing greatness of knowing Christ Jesus my Lord, for whose sake I have lost all things.
I consider them rubbish, that I may gain Christ.

Philippians 3:8

12

3화음과 트리오, 그리고…

천상에서 성부와 성자와 성령이 여행 갈 궁리를 하고 있었다.

"어디로 갈까요?" 성부가 먼저 말을 꺼냈다.

"우리가 어디부터 가겠습니까? 당연히 성지 예루살렘부터 가 봐야 하지 않겠습니까? 요즘도 꽤 시끄럽던데, 어디 민심도 살펴볼 겸 거기로 갑시다." 성령이 말을 받았다.

"아니, 전 싫습니다. 예루살렘이라는 말만 들어도 머리가 가시로 찌르는 듯 아프고, 옆구리가 창에 찔리는 듯 쑤십니다. 손과 발은 또 어떻고요. 이 흉터들 안 보이십니까?" 성자가 기겁을 하며 손사래를 쳤다.

"아, 그렇지…." 성부와 성령이 공감했다.

"그러지 말고, 남미나 한번 가지요." 성자가 제안했다. "요즘 거기 대단하다던데요. 열기가 장난이 아니랍니다."

"아니, 거긴 제가 영 꺼려집니다. 온통 나만 찾고 있어요. 어디 부담스러워서…. 여행은 좀 쉬어야 하는데, 거기 가면 시달리기만 할 것 같아요." 이번에는 성령이 반대했다.

"그럼, 미국이나 한번 다녀오지요." 성령이 말했다. "자기네가 뭐 '새 예루살렘'이다 뭐다 하면서 떠들지를 않나, 우리 빼고는 세상에서 가장 힘세다고들 하지 않나, 선교사도 교회도 세상에서 가장 많다 하지 않나. 이참에 한번 가서 어떻게들 하고 있나 살펴보는 건 어떨까요?"

"거긴 내가 싫네요." 성부가 반대했다. "걔네는 이상해요. 나를 '아버지'라고 안 불러요. 글쎄 나를 '어머니'라고 부른다니까요. '성 평등'이라나 뭐라나."

프랑스 작가 미셸 투르니에가 한 이야기인데, 좀 각색했다. 웃자고 한 얘기다. 너무 심각하고 진지하게 안 받아들였으면 좋겠다.

이 책을 읽는 독자 중에는 그리스도인이 아닌 사람도 많이 있을 것이다. 제 버릇 뭐 못 주고, 뒷간 들어가면(요즘 화장실이 아니라) 냄새 묻혀 나오는 거 당연하다. 내가 그리스도인이니 내 삶과 글 속에 그게 배여 있는 건 어쩌면 당연한 이치일 것이다. 독자들이 너그럽게 양해해 주기 바란다. 기왕 양해를 구했으니, 한 번만 더 참아 달라고, 아니 그냥 재미있게 들어 달라고 부탁드리고 싶다.

'삼위일체'라는 말은 국어사전에도 올라 있는, 제법 일반적인 말이 되었다. 하지만 기독교의 삼위일체는 그리스도인인 나도 참 이해하기 어렵다. 아니, 솔직히 이해불가다. 그래서 이것을 지성과 논리로는 이해할 수 없는 '신비'라고 하나 보다.

기독교에 삼위일체(Trinity)가 있듯이 음악에는 3화음(Triad)이 있다.

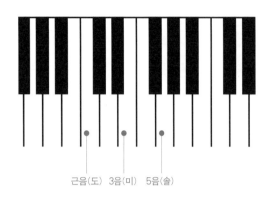

근음(도) 3음(미) 5음(솔)

음악에는 선율(Melody)만 있는 것이 아니라, 두 개 이상의 음이 겹쳐 이루어지는 화음, 즉 코드(chord)도 있다.

흔히 재즈는 코드가 복잡하다고 생각한다. (이미 우리는 블루노트, 얼터드 코드 같은 것들을 얘기했다.) 하지만 클래식을 제외한 거의 모든 현대 음악에는 재즈와 비슷한 요소가 들어 있어서, 그 코드가 과거에 비해 복잡하다. 기타를 처음 치는 사람도 코드부터 배운다. 베이스도 한 음을 치지만 코드에 가장 큰 영향을 준다. 드럼처럼 리듬을 치는 악기를 연주하는 연주자를 제외하고 코드를 이해하지 못하는 음악인은 없다.

그렇다면, 가장 기본이 되는 코드는 무엇일까?

'C 코드'다. 바로 '도-미-솔'이 조화를 이룬 3화음(Triad)이다. 위의 피아노 그림을 보고 한번 피아노 건반을 눌러 보라.

먼저 도, 미, 솔 하나씩 누르고 그다음 세 음을 동시에 눌러 보라. 코드를 잘 아는 사람도 비웃지 말고 눌러 보기를 권한다.

도, 미, 솔은 각자 고유의 소리를 갖고 있지만, 세 음을 동시에 눌렀을 때 그 소리는 하나로 들린다. 피아노가 바로 앞에 있다면, 중간 부분의 건반에서 치지 말고 윗부분의 '도-미-솔'을 같이 눌러 보라. 더욱더 한 소리처럼 들릴 것이다.

이쯤에서 벌써 '삼위일체'에 대해 내가 말하려는 것을 눈치 챘을 것이다. 하나님이 삼위일체라면 바로 '도-미-솔'이야말로 음계의 삼위일체다. 이것이 음악인으로서 내가 삼위일체에 대해 할 수 있는 최선의 설명이다.

기왕 시작했으니 좀 더 깊이 가 보자. 그렇다면 도, 미, 솔 가운데 성부와 성자와 성령에 각각 해당하는 음이 있을까? 있다면 무엇일까? 이건 순전히 재즈 피아니스트인 나의 개인적인 생각일 뿐이지만, '도'야말로 성부 하나님에 해당한다고 할 수 있다.

화성학에서는 '도'를 *'근음'이라고 한다. 근음이 무엇이냐에 따라 코드의 이름이 전혀 달라진다. 예를 들어 F 코드, G 코드처럼 근음에 따라 코드 이름이 정해지는 것이다.

도-미-솔로 구성된 코드가 'C 코드'이지만 만약 똑같은 도-미-솔이라도 근음이 '라'에 주어진다면 완전히 다른 마이너 코드로 변한다. 코드 이름은 'A minor 7'이 되는 것이다.

말 그대로 '뿌리'인 근음은 제일 '밑'에서 코드의 '근간'을 나타내기에 없어서는 안 되는 모든 것의 원천이다. 사람의 이름으로 치자면 성이라고 할까.

'아버지 부재' 또는 '실종', 더 나아가 아버지 '추방'의 문화가 확산되다 보니, 기독교 안에도 성부 '아버지 하나님'을 꺼리는 흐름이 있는 것 같다. '아버지'가 권력과 폭력의 이미지가 되었고, 그래서 '아버지'와 아버지로 대표되는 권위주의와 가부장 문화를 거부하는

근음
화음의 뿌리라고 할 수 있는 기본이 되는 음.

반작용인 것 같다. 아버지를 거부하는 이들의 상처받은 내면을 들여다보면 이해가 되기도 한다. 하지만 아버지가 제 역할을 못한 일차적 책임이 나를 포함한 아버지들에게 있다고 하더라도, 아버지의 존재 자체를 부정하는 것이 과연 합당한 것인지는 나는 잘 모르겠다.

'미'는 예수 그리스도다.

3음
근음에서 세 번째에 해당되는 음으로 그 음이 어떠한가에 따라 메이저 화음, 마이너 화음으로 정해진다.

화성학에서는 *'3음'이라고 표현한다. 3음은 특히 모든 음악에서 그 코드의 본질을 나타내는 음으로서, 그 음이 반음 내려가면 슬프게 느껴지는 마이너 코드가 된다. 그래서 바흐나 모차르트 음악 같은 클래식 음악을 만드는 이론 중에 하나인 전통 화성학에서도 다른 음은 중복해서 쓸 수 있지만 3음은 절대 중복이 불가능하다. 다시 말하면, 3화음을 4성부로 만들 때 피아노로 C 코드를 '도-미-솔-미' 식으로 '미'를 중복해서 칠 수 없다는 뜻이다.

그리스도인이 아닌 많은 이들이 기독교에 대해서 가장 크게 비판하는 것이, 기독교는 배타적이라는 것이다.

하지만 어쩔 수 없다. 기독교는 인간이 스스로의 힘으로 자신을 '구원'할 수 없다고 고백한다. 바꾸어 말하면, 구원의 길은 성육신하시고(인간이 되시고) 십자가에 달려 죽으시고 다시 사신 하나님, 곧 예수 그리스도 한 분뿐이라고 고백한다.

예수 그리스도를 내어 주고 '포용의 종교'가 될 수는 없지 않은가.

물론, 마지막 남은 '솔'은 성령이다.

5음
근음에서 다섯 번째에 해당되는 음.

'솔'은 *5음이라고 한다. 때로는 생략할 수도 있고 중복할 수도 있는, 그야말로 보조 음(Auxiliary Note)이다. 예수 그리스도가 나의 구주라고 믿는 모든 사람에게는 성령이 늘 함께하신다.

마틴 로이드 존스라는 영국의 신학자는 성령에 대해 이렇게 설명했다. 그가 설명한 성령은 실로 코드의 5음(솔)과 너무나도 흡사하다.

> "주님이 친히 말씀하셨듯이 성령이 하시는 최고의 일은 주 예수 그리스도를 영화롭게 하시는 것입니다. 주님은 말씀하셨습니다. '보혜사, 곧 아버지께서 내 이름으로 보내실 성령 그가 너희에게 모든 것을 가르치시고 내가 너희에게 말한 모든 것을 생각나게 하시리라'(요한복음 14장 26절). '그는 자의로 말하지 않고'(요16:13). 그렇습니다. 그는 '내 영광을 나타내'시는 분입니다(요한복음 16:14). 이처럼 성령이 하시는 최고의 일은 주 예수 그리스도께 관심을 집중시키며 그를 가리켜 보이시는 것입니다."
>
> _ 마틴 로이드 존스 『부흥』(복있는사람 역간), 86쪽.

삼위일체를 3화음으로 비유했는데, 이번에는 다른 것으로 비유해 보겠다. 바로 3인조 밴드(trio band)다.

음악에서는 혼자 연주하는 것을 솔로(Solo), 둘이 하면 듀엣(Duet), 셋은 트리오(Trio), 넷은 콰르텟(Quartet), 다섯은 퀸텟(Quintet)이라고 한다.

나는 중학교 시절부터 밴드를 결성하여 연주를 해 왔는데, 얼마 전까지도 참 이상하게 느낀 것이 있다.

그건 바로 밴드의 구성형태다. 팝, 재즈, 대중음악, 가스펠 등 우리가 접하는 많은 음악에서 밴드를 볼 수 있는데, 대부분은 기본적으로 '베이스＋드럼＋피아노' 또는 '베이스＋드럼＋기타'로 구성되어 있다. 나 역시 메탈을 한 적이 있다. 그때는 후자에 해당하는 '베이스+드럼+기타'의 구성이었다.

왜 밴드는 꼭 이 구성이어야만 할까?

결론은 이 구성을 능가할 밴드는 절대 나올 수 없다는 것이다. 혹시 누군가가 이 기본적인 밴드 구성을 확 바꾼 획기적인 밴드를 만든다면 그에게는 노벨 음악상을 주어야 할 것이다. 그런 상이 아직 없는 게 유감스럽다.

물론 지금까지 여러 가지 구성의 트리오가 나오긴 했지만 위의 구성을 절대 능가할 수는 없다고 생각한다.

재즈에서도 어떤 피아니스트나 기타리스트가 데뷔할 때는 트리오로 구성해서 데뷔하는 것이 대부분이다. 그것은 마치 재즈 분야에 데뷔하면서 명함을 만드는 것과 같다.

이와 같이 트리오 구성은 가장 기본적이고 가장 고상한 형태로 여겨진다.

여기에 보컬이나 다른 악기가 첨부되어 연주되는 것이 많고 기타를 돕는 세컨드 기타나 드럼을 돕는 퍼커션(Percussion) 악기가 추가되기도 한다. 또 각종 브라스(Brass) 악기가 대규모로 참여하는 빅 밴드(Big Band)도 이 트리오가 빠지지 않는데, 그 안에서는 이 트리오를 특히 *리듬 섹션이라고 칭하기도 한다.

리듬 섹션
Rhythm Section
밴드에서 리듬을 담당하는 악기들. 주로 피아노, 기타, 드럼, 베이스 등을 말한다.

헤비메탈도 '베이스+드럼+기타' 구성이 기본이고 거기에 오르간을 보태거나 기타를 한 명 더 쓰거나 한다. 마찬가지로 교회에서 가스펠 밴드도 트리오 구성에다가 다른 악기를 옵션으로 추가한다.

나도 '곽윤찬 공연'으로 활동하기보다는 상황에 따라 멤버가 좀 바뀌더라도 '곽윤찬 트리오'로 공연할 때가 대부분이다.

나는 이 트리오에서도 삼위일체에 대한 이해를 얻는다.

'베이스+드럼+피아노'의 트리오가 있다고 가정해 보자.

먼저 성부, 성자, 성령은 각각 어떤 파트를 담당하실까?

잠시 눈을 감고 생각해 보길 바란다.

먼저 *케니 가렛이라는 사람을 소개하겠다. 세계적으로 유명한 재즈 색소폰 연주가다. 젊은 나이에 이미 재즈 쪽에서 스타덤에 오르며 화성학적 지식, 음악성, 테크닉, 파워풀한 음색 할 것 없이 모든 것을 갖추었다.

그런 그가 남들이 잘하지 않는 '베이스+드럼+색소폰'의 트리오 구성으로 앨범을 냈다.

이것은 재즈적인 입장에서 좀 획기적인 것이다. 왜냐하면 플루트, 클라리넷, 트럼펫과 같이 색소폰이라는 악기는 단선율 악기이기 때문이다. 즉, 두 개 이상의 음을 동시에 낼 수 없기 때문에 화음을 낼 수가 없다는 것이다.

물론 기타와 달리 베이스도 화음을 낼 수는 있지만 음역이 너무 낮아 화음을 내는 경우는 거의 없다.

색소폰 트리오는 화음이 잘 이루어지지 않아 음악을 표현하기가 참 힘들 텐데, 케니 가렛은 획기적이고 특이하게도 그런 앨범을 낸 것이다.

그렇다면 예를 들었던 피아노 트리오는 어떨까?

내가 피아니스트의 입장이라 자신 있게 얘기할 수 있는지 모르겠지만, 피아노 트리오는 완벽한 형태의 밴드가 될 수 있다.

자, 그렇다면 과연 베이스, 드럼, 피아노 중 어떤 악기가 성부 하나님의 역할을 할까?

케니 가렛
Kenny Garrett
1960년 미국 출생으로 Miles Davis 밴드에서 활동하다가 솔로로 활동하며, 현존하는 최고의 재즈 색소폰 아티스트 중의 한 사람으로 인정받고 있다.

161

바로 베이스다.

베이스는 코드의 근간이 되는 악기이고 항상 묵직하게 뒤를 봐준다. 튀지도 않고 묵묵히 소리를 내며 공연을 할 때는 가장 스포트라이트를 적게 받는다.

내가 잘 아는 베이스 주자 후배가 있다. 그는 베이스 연주하는 것을 무척 지루해했다.

아무리 열심히 연주해도 자신을 알아주는 사람이 별로 없고, 똑같이 연주를 해도 무대 앞쪽에서 연주하는 색소포니스트나 노래하는 보컬은 박수를 크게 받고 공연이 끝나고 사인을 할 때도 베이시스트인 자신에게는 정작 관객들이 잘 오지 않아서 그랬던 것 같다.

그래도 그는 성실하여 하루에 세 곳의 재즈 클럽에서 연주를 하며 생활을 했다. 내가 짓궂게 물어본 적이 있다.

"재즈도 좋아하지 않는데 어떻게 하루에 세 군데에서 연주할 수 있니?"

그랬더니 그는 이렇게 대답했다.

"형, 전 음악 자체를 좋아하지 않나 봐요. 연주가 그렇게 지겨워요. 그래서 베이스를 한 음씩 칠 때마다 100원, 200원, 300원, 400원 세면서 연주해요. 돈이라도 번다고 생각하니 안 지겹더라구요. 하하하. 그렇게 돈으로 세면서 하면 박자도 잘 맞고, 또 시간도 잘 가니까 하루에 세 군데, 아니, 더 오라는 데가 있으면 가서 밤새도록 연주할 수 있어요."

참 많이 웃었지만, 이해할 수는 있다.

열심히 연주해도 알아주지 않는다면 돈이라도 벌겠다는 것이다.

세계 곳곳에서 연주자를 꿈꾸는 사람들이 많지만 다른 악기에 비해

베이스 주자는 많지 않다.

물론 클래식의 하프, 오보에, 퍼커션 등의 연주자도 드물지만 클래식 외의 음악에서 가장 기본이 된다고 설명한 트리오 구성에서 절대 빠질 수 없는 악기로서 베이시스트는 모자라는 형편이다.

보컬이나 피아니스트 등은 참으로 넘쳐나지만 묵묵한 베이시스트는 좀처럼 많이 나타나지 않는다.

나는 이런 점에서 성부 하나님이 베이스의 역할을 한다고 비유한다.

쉬지 않으시고 묵묵히 뒤에서 받쳐 주시고 모든 공로를 다른 이에게 돌리시는 분이 바로 성부 하나님이시다. "이스라엘을 지키시는 분은 졸지도 않고 주무시지도 않으신다"(시편 121:4).

그렇다면 성자 예수 그리스도는 무엇을 담당할까?

피아노다.

피아노는 참 좋은 악기다.

선율도 담당하고 화성도 내고 리듬도 표현하고 심지어 베이시스트가 없을 때는 베이스도 맡는다.

왼손으로 베이스를 리듬 있게 치면서 오른손으로 멜로디를 치고, 또 능숙한 피아니스트는 왼손과 오른손을 서로 도와 가며 화성, 즉 코드를 리듬 있게 연주한다. 피아노는 이 모든 것을 동시에 할 수 있는 멋진 악기다.

소규모 재즈 공연을 할 때 가끔씩 이런 일이 일어난다. 대규모 공연에서는 좀처럼 일어나지 않지만 재즈 클럽 연주에서는 종종 있는 일이다. 저녁 7시에 연주를 시작해야 하는데, 베이시스트가 퇴근 시간의 교통 정체에 걸려서 오지 못하는 것이다. 할 수 없이 피아니스트 혼자 연주를 먼저 시작한다. 피아니스트와 드러머 둘이서 연주하는 것은 매우 어색하다. 그래서 피아니스트 혼자 연주하다가 베이시스트가 오면 비로소 트리오 연주에 들어간다.

드러머가 늦게 올 때도 있다. 이때는 피아니스트가 혼자 연주할 필요가 없다. 베이시스트와 둘이 연주를 하면 리듬이 조금 빠져서 그렇지 매우 훌륭한 음악을 할 수 있다. 특히 잔잔한 발라드 음악이나 3/4의 왈츠 곡을 듀엣으로 연주하다가 나중에 드러머가 오면 더욱 분위기가 고조된다.

물론 재즈 연주뿐만 아니라 일반 팝이나 가스펠의 경우도 마찬가지다.

내가 얘기하고 싶은 것은, 혼자서 다른 파트의 역할도 맡으며 외로이 무대에서 연주하는 피아니스트의 모습이 마치 성자 예수님의 모습과 닮았다는 것이다.

마지막으로, 성령의 역할은 바로 드러머와 닮았다. 때로는 잔잔하고 때로는 파워풀한 모습으로 피아니스트와 베이시스트를 활기 넘치게 보완해 주는 역할이다.

아까 말한 대로 베이시스트와 피아니스트가 듀엣으로 연주하는 도중에 드러머가 무대에 올라와 인사를 하고 한창 연주중인 곡을 도와 리듬을 치면 관객은 십중팔구 환호를 지른다.

그것이 바로 성령의 역할이다.

물론 이 화려한 드럼은 혼자 연주할 수 없다. 선율이나 화성이 없기 때문이다.

드러머가 개인 앨범을 낼 때 처음부터 끝까지 리듬만 나오고 선율이 안 나오게 하는 경우는 없다.

재즈 연주회에서는 항상 일어나는 일이 있다.

재즈를 전혀 모르는 사람이 연주회를 보면 언제 박수를 쳐야 하는지 모른다. 그러다가도 드러머가 솔로 연주를 하면 환호를 지른다. 그만큼 드럼이라는 악기는 사람을 변화시키기도 하고 감정을 바꿔 놓기도 한다.

그런데 요즘 교회에서 특이한 현상이 일어나고 있다.

성령만 지나치게 강조한 나머지 예수는 아예 없어졌다. 남미만 그런 게 아니다. 그야말로 3음을 뺀 코드로 음악을 연주하거나 듣는 것과 같다.

우리 인간은 어떤 음악이 기쁜지 슬픈지, 밝은지 어두운지, 비는지 안 비는지 거의 본능적으로 느낄 수 있다.

3음(미)을 빼고 근음과 5음(도-솔)을 한번 쳐 보라. 아마 초등학생 1학년도 그것이 얼마나 김빠진 콜라 같은지 느낄 수 있을 것이다.

나는 재즈 연주로 10회 정도 태교 음악회를 열었다.

당연히 그 공연에는 많은 임산부들이 관객으로 오는데, 다들 무척이나 긴장한 모습이다.

공짜표라도 생긴 건지 공연을 오긴 왔지만, 그동안 클래식 음악이나 명상음악, 자연의 소리 등을 들어 오다가 갑자기 재즈를 들으려고 하니 혹시나 태아가 놀라지나 않을까 하는 기색들이다.

하지만 내가 누군가! '해피 재즈'의 별명에 어울리게 그날 난 더 신나게 연주했고, 산모들도 매우 좋아했다.

태아도 그걸 느끼는지 좀 비트 있고 밝은 음악을 연주하면 뱃속에서 반응을 한다고들 한다. 내가 만약 '3음'을 반음 내린 우울한 마이너 곡들만 계속 느리게 연주했다면, 태아도 슬퍼했을 것이다.

심지어 아직 세상 밖으로 나오지도 않은 태아도 음악에 반응을 하고, 무엇이 기쁘고 슬픈지 이미 알고 태어나는 것이다. 이것이 음악의 속성이자 힘이다.

3음이 반음 내려가면 마이너 코드가 된다고 설명했다. 영화나 드라마에서 슬픈 장면은 주로 마이너 코드로 진행한다. 누가 가르쳐 준 게 아니다. 그만큼 3음이 어떤가에 따라 많은 차이가 생긴다. 3음을 빼고 5음만 강조한다면 뭘 몰라도 한참 모르는 것이다.

그렇다고 3음이 없는 음악이 없는 건 아니다. 우리가 듣던 음악에는 3음이 없는 것도 많다. 내가 중고등학교 다닐 때 듣던 거의 모든 음악이 바로 그런 것들이었다.

헤비메탈 음악에서도 3음을 안 쓰는 경우가 많다. 본질을 나타내는 3음을 뺀 '도'와 '솔'만 가지고 *디스토션이라는 이펙터를 사용하여 거칠고 크게 코드를 묘사하는 것이다. 딥 퍼플(Deep Purple), 레드 제플린(Led Zeppelin), 블랙 사바스(Black Sabbath), 일본 그룹 라우드니스(Loudness) 등이 대표적인 예다.

이들의 음악은 한때 내 모습도 크게 바꾸어 놓은 적 있다.

어릴 적부터 재즈 피아니스트가 꿈이었던 나는 고등학생이 되면서 메탈과 로큰롤 음악에 빠져들었다. 메탈 그룹을 만들어 기타를 쳤고, 고등학교 1학년 때는 종로에서 공연을 하기도 했다. 당시 서울 종로는 '파고다 예술극장'을 중심으로 대한민국 인디 공연의 메카였다. 가죽 재킷은 비싸서 못 입었고, 머리는 숱이 없어서 못 길렀지만, 난 그때 '3음이 빠진' 음악을 하고 있었다. (그때 밴드에서 베이스 기타를 쳤던 학생이 지금 가스펠 쪽에서 유명한 가수 강명식이다. 얼마 전 그를 고등학교 시절 이후 처음 만났는데, 과거 우리가 했던 음악들이 스쳐 지나가듯 귓가에 맴돌았다.)

디스토션
Distortion
주로 기타에 연결해서 쓰는 이펙터로 거칠고 날카로운 소리를 내어 하드록이나 메탈음악 등에 주로 쓰임.

요즘은 메탈 음악의 인기가 시들어 가고 있어서 3음이 빠진 음악도 듣기가 힘들다. 그런데 3음이 빠진 음악이 사라졌다기보다는 3음을 2음이나 4음으로 변형시킨 음악들이 많아졌다고 하는 게 정확하다. '도-미-솔'로 이루어진 화성을 세련되게 '도-레-솔'이나 '도-파-솔'로 바꾸어 버린 것이다.

이상하게 느껴져야 하는 화성이지만 자꾸만 들으니 이제 친숙하게 들린다. 요즘 미국 음악들이 이런 화성을 많이 쓴다. 특히 컨트리 음악이나 가스펠 음악에서도 많이 쓰인다.

3음을 빼고 2음이나 4음으로 변형시킨 코드(전문적인 용어로 *Csus2, *Csus4 라고 한다) 음악을 한국이나 일본 같은 데서는 아직 잘 사용하지 않지만, 점차 익숙해질 것이고 여기서도 미국처럼 크게 유행할지도 모른다.

미국의 가스펠(특히 기타 위주의 가스펠 곡)을 많이 모방하는 우리나라 가스펠 경향을 볼 때, 3음을 뺀, 3음을 변형시킨 화성이 가스펠에서도 주류를 이룰 날도 머지않은 것 같다.

성령만을 강조하는 것은 또한 트리오 밴드로 치자면 드럼만 지나치게 강조하는 것과 같다.

드러머만 있고 피아니스트나 베이시스트는 아예 없는 것과 같다. '드럼운동' '드럼회복' '드럼치유' '드럼의 사람들'만 넘쳐난다.

물론 음악인으로서 드럼은 매우 중요하다. 하지만 선율이 없다면, 화성이 없다면, 또 선율과 화성의 근간이 되는 베이스가 없다면 들리는 건 소음뿐이다.

재즈를 모르는 사람이 드럼 혼자 솔로로 연주하는 부분에서 크게 환호하는 것처럼, 치유 집회나 방언 집회만 쫓아다니면서 환호하

Csus2
도-미-솔의 구성이 아니라,
도-레-솔로 이루어진 코드.

Csus4
도-미-솔의 구성이 아니라,
도-파-솔로 이루어진 코드.

고 열광한다면 진정한 기독교를 이해하지 못하는 것이라고 할 수 있다.

훌륭한 드러머나 베이시스트가 이구동성으로 하는 말이 있다. 서로 눈을 맞추고 귀를 기울이면서 리듬을 맞춰 피아니스트를 서포트하자는 것이다.

그렇다면 피아니스트는 우쭐대고 과시하며 연주할까? 그렇지 않다. 예수님이 예루살렘에 입성하시던 모습을 보자.

> 나귀 새끼를 예수께로 끌고 와서 자기들의 겉옷을 그 위에 얹어 놓으매 예수께서 타시니 많은 사람들은 자기들의 겉옷을, 또 다른 이들은 들에서 벤 나뭇가지를 길에 펴며 앞에서 가고 뒤에서 따르는 자들이 소리 지르되 호산나 찬송하리로다. 주의 이름으로 오시는 이여. _ 마가복음 11장 7-9절

예수님은 나귀를, 그것도 새끼를 타고 예루살렘 성에 들어가셨다. 자신을 메시아로 믿으며 겉옷을 길에 펴고 환호하는 군중의 기대에 부응하려면, 영화 〈쿼바디스〉의 개선 장군 마르쿠스 비니키우스의 위용 정도는 갖추고 예루살렘에 입성하셨어야 했다. 하지만 예수님은 그러지 않으셨다. 나귀 새끼를 타신 그분을 보고 사람들 마음이 좀 편치는 않았을 것 같다.

이 위대한 피아니스트는 겸손히 연주하며 관객을 전혀 의식하지 않았던 모양이다.

관객들이 지금은 박수를 치지만 연주회가 끝나기도 전에 야유를 보내고 공연장 문을 박차고 나갈 수 있다는 걸 예상하셨던 것 같다.

168

예상은 적중했다.

이렇게 열렬히 환영 행사를 했던 예루살렘의 군중이 얼마나 있다가 예수님을 십자가에 못 박았는지 아는가?

정확히 일주일 후였다.

이 겸손하고 외로웠던 피아니스트는 모든 연주를 끝내고 십자가에 달렸다.

이보다 훌륭한 연주가는 이 세상에 없다.

재즈는 자유다. 재즈는 질서가 있는 자유다.

재즈는 자유다. 실수를 용납하는 자유다.

그래서 재즈는 자유다.

이 재즈에 진리를 담을 수만 있다면….

Glorious things are said of you, O city of God : Selah.

Psalms 87:3

13

재즈에 담고 싶은 또 하나

유학생들에게 복음을 전하는 코스타(KOrean STudents All Nations, 국제복음주의학생연합회) 강사로 일본에서 세미나를 한 적 있다. 첫날 세미나를 끝내자마자 중년 여성이 찾아와 상담을 요청했다.

자주 귀신에 들리는 데다가 최근에는 우울증 약까지 복용하게 되어 너무 힘들다고 했다. 그녀는 그날도 눈이 풀려 있었다. 나보다 몇 살 더 많은 그녀는 음악을 하는 것이 평생의 소원이었다고 했다.

나는 혹시나 이 분도 '안 좋은 음악'의 영향을 받아 이렇게 된 것인가 살폈지만, 그런 것 같지는 않았다.

그런데 그녀는 하나님을 믿고 있었지만 예수는 믿지 않는다고 했다. 참 편하다.

마침 이 음악의 '3화음'으로 삼위일체 하나님을 깊이 묵상하고 있을 때였다. 말하자면 그녀는 음악으로 치자면 '3음이 빠진 음악'을 하고 있었던 것이다.

잘됐다 싶어 그녀를 붙잡고 이야기를 했다. 하지만 그녀는 꿈쩍도 하지 않았다. 아예 하나도 안 들었다. 멍하니 딴생각을 하고 있었다. 몇 번 자살 시도를 했다는 그녀를 다시 못 만날 수도 있겠다는 조급한 생각에 나는 결론부터 얘기했다.

난 늘 너무 당당한 게 탈이다. 그렇다고 이른바 '긍정의 힘'을 믿는 것은 아니다. '~하지 말아야 한다'라는 '부정의 힘'을 오히려 더 주장한다. 이번에는 확신 있게 말했다. "축하해요. 당신에게 적용되는 무조건 낫는 법을 제가 가르쳐 드릴게요. 일단 '3음'을 인정하고 믿으세요. 그렇지 않으면 껍데기만 믿는 것입니다."

나는 그림까지 그려 가면서 그녀의 상태를 설명했다.

"계속 나선형으로 들어가면 점점 어두워지고 깊이 들어가면 나오기가 매우 힘듭니다. 진리를 알면 자유로워지는데, 바로 그 진리는 방향을 180도 바꾸어 줍니다."

그러면서 나는 옆에 있는 디지털 피아노로 진정한 자유가 무엇인지, 재즈로 할 수 있는 한 자유롭게 연주를 해 주었다.

그 후 며칠 뒤 세미나에서 그녀를 만났다.

어떻게 되었을까? 좀 나아졌을 거라고 잔뜩 기대했지만, 낫지 않았다.

오히려 더 심해진 것 같았다. 살기가 싫다고까지 했다.

난 마지막 비장의 카드를 쓸 수밖에 없었다. 오늘 이후 못 볼 수도 있다는 생각이 밀려왔기 때문이다. 정말 심각했다.

난 도저히 더 이상 알아듣기 쉽게 포장해서 말할 시간이 없어서 날선 두 검, 바로 하나님의 호흡으로 만드신 성경 말씀 중 가장 외우

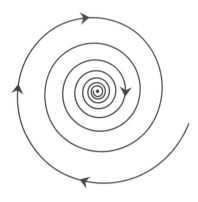

실제로 어떤 사람은 나선을 따라 계속 들어가 꼭지점에 이르러
더 이상 갈 곳이 없자 극단적인 결정을 내리고 말았다.

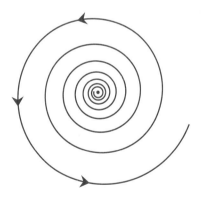

방향이 바뀌면 한없이 자유로워진다.

기 힘들지만 가장 강력한 말씀을 큰 소리로 선포했다.

"이는 그리스도 예수 안에 있는 생명의 성령의 법이 죄와 사망의 법에서 너를 해방하였음이라!"(로마서 8장 2절)

이젠 끝이다!

모든 사람에게 가장 적합하게 들리는 건 아니지만, 재즈는 어떤 음악보다도 자유로운 음악이다.

어떤 강사는 주제를 일목요연하게 정리하고 기승전결을 잘 배열해서 원고를 쓴다. 그리고 그 원고를 목소리에 힘을 주어 정확히 읽어 내려간다. 무척 짜임새가 있고 전달하려는 메시지가 정확하게 다가와 큰 감동을 받는다.

또 어떤 강사는 주제와 함께 몇 개의 소주제와 간략한 메모만 가지고 그날 자신의 기분이나 영감에 따라, 또는 청중의 반응을 보면서, 적절한 타이밍에 힘을 주면서 자유롭게 이야기를 풀어 간다.

기도도 마찬가지다. 어떤 사람은 잘 준비된 기도문을 가지고 간결하고 알차게 기도를 하지만 어떤 사람은 평소 하던 대로 마음에 와닿는 것을 자유롭게 기도한다.

후자가 재즈와 흡사하다.

재즈는 주어진 테마를 가지고 자유롭게 변주해 나아간다. 예를 들면, 재즈의 명곡인 *〈고엽〉이라는 32마디의 곡을 코드에 맞게 연주한 후 그 패턴을 계속 반복하며 자유롭게 연주하는 것이다.

그렇게 반복해서 변주를 자유롭게 하면 32마디 곡을 10번 가까이 연주하게 되는 셈이다. 사람에 따라 다르지만, 난 철저히 즉흥적으로 연주한다. 이것을 재즈 용어로 *'스폰테니어스'라 한다.

고엽
Autumn Leaves
조셉 코스마가 작곡한 곡으로 후에 조니 머서의 가사로 불리게 된 곡이 전세계에 히트했다. 재즈 스탠더드 곡 중에 가장 많이 연주되는 곡의 하나로 32마디 형식이다.

스폰테니어스
Spontaneous
재즈에서 즉흥적인 연주나 노래를 나타냄.

나는 연주할 때 땀을 많이 쏟는다. 무대에서 돌아오면 어떤 이들은 내가 신들린 게 아니냐고 묻는다. 신들린 사람처럼 아무 건반이나 계속 화려하게 눌러 연주했다고 생각했나 보다. 그러나 전혀 그렇지 않다. 그냥 아무 건반이나 빠르게 친다고 재즈가 될 수는 없다.

재즈에도 지켜야 할 질서가 있기 때문이다. 그 안에는 재즈 화성, 재즈 리듬, 스케일, 패턴, 테크닉, 장식음, 밸런스, 인터 플레이 같은 수많은 규칙이 존재한다. 그 큰 틀 안에서 늘 자유롭게 연주하는 것이다. 마치 물고기가 육지로 나오지 않고 바다에서 자유롭게 헤엄치는 것처럼 말이다.

이 얼마나 축복의 음악인가.

이런 자유를 만끽할 수 있는 장르는 그리 흔치 않다. 그런데 이상하게 근래 들어서 본인의 연주에 대하여 스트레스를 많이 받아 나에게까지 상담을 요청하는 재즈 뮤지션들이 종종 있다. 아마도 재즈 연주가들이 넘쳐나기 때문인 것 같다.

그때마다 나는 재즈가 어떤 음악인지 다시 한 번 일깨워 준다.

유학까지 다녀오고 재즈를 많이 공부해서 재즈 이론이나 기교는 많이 알고 있지만 정작 재즈의 본질을 모르는 것이라고 이야기해 준다.

특히 재즈 뮤지션이 자기 연주에 만족하지 못해서 늘 스트레스를 받는다면 그 사람은 정말 재즈를 모르는 것이다. 많은 물감을 가져야만 진짜 화가라고 생각하여 계속 물감 부족을 한탄하거나 자기보다 많은 물감으로 그림을 그리는 다른 화가를 보면 화가 난다면 얼마나 불행한 화가일까.

더구나 재즈에는 1등도 2등도 없다. 재즈는 실수를 인정한다. 실수를 많이 하는 게 좋은 것은 아니지만, 실수를 하면 그것을 또 밑거름 삼으면 된다.

재즈는 자유다. 재즈는 질서가 있는 자유다.
재즈는 자유다. 실수를 용납하는 자유다.
그래서 재즈는 자유다.
이 재즈에 진리를 담을 수만 있다면….

　　"진리를 알지니 진리가 너희를 자유롭게 하리라."_요한복음 8장 32절

〈i am Melody〉는 그런 의미에서 광야에서 외로이 깃발을 들고 있는

엑스트라 배우의 심정으로 만든 것이다. 그렇지만 나 혼자가 아니었다.

엑스트라 배우는 혼자로 부족하여 늘 여러 명이 동원된다.

이 앨범에는 뜻을 같이한 많은 한국의 대중가수들과 연예인, 외국의 아티스트들이 참여했다.

He will cover you with his feathers, and under his wings you will find refuge;
his faithfulness will be your shield and rampart.

Psalms 91:4

행복한 조연들의 노래

오늘은 나에게 특별한 날이었다. 내 생애 처음으로 길거리에서 전도를 했다. 그것도 매니저와 단 둘이서. 더구나 매니저는 20대의 연약한 여자다.

난 원래 전철이나 노상에서 하는 전도를 좋게 생각지 않았다. 그들을 보면 존경심이 느껴지기도 하고 그들이 가진 믿음의 확신이 부럽기는 했지만, 만 명 중 한 명이 전도된다고 하더라도 잃는 사람은 오히려 몇 명이 될 수도 있겠다는 생각이 들어 좀 불편하게 느껴졌다.

그러던 내가 서울의 명동거리 한복판에서 전도를 하고 있다는 것은 꿈에도 생각해 보지 못한 일이다.

명동은 뉴욕 5번가, 동경 신주쿠 거리, 런던 피카딜리 서커스(Piccadilly Circus) 거리와 비슷한 곳이다. 내가 이처럼 붐비는 명동을 선택한 이유는 특별히 일본 사람들을 전도하기 위해서였다.

처음에는 일본인들이 자주 오고가는 공항을 선택했지만 괜히 국제
공항에서 유인물이라도 나누어 주다가 공항 관리인들에게 끌려갈
수도 있다는 생각이 들어 장소를 바꾸었다.

내가 일본인들을 전도하기 위해 사용한 도구는 〈 i am Melody 〉 앨
범과 A4 한 장에 쓴 일본어 편지였다.

일본어 편지는 나에게도 한 명쯤은 있는 일본 아줌마 팬인 오이
카와 씨가 도와주었는데 그리스도인도 아닌 오이카와 씨는 꽤 심
혈을 기울여 최대한 일본인에게 접근하기 쉽게 편지
를 수정해 주었다.

오늘 아침에는 명동에서 할 일이 너무 긴장이 되어 아
무것도 손에 잡히지를 않았다. 큰 무대에서 연주하는
것보다 몇 배나 긴장이 되었다.

일본어 편지

그러나 앨범을 나누어 주는 것이 전단지 한 장 나누어
주는 것보다 훨씬 쉽게 접근할 수 있다는 생각이 들어
서 용기를 내어 몇 시간 동안 길거리에서 나누어 주었
는데, 참 슬프게도 그들은 잘 받아주지 않았다. 명동의
많은 상점들이 일본인들을 상대로 호객행위를 하는데,
나도 똑같은 취급을 당했다. 내가 다가가면 피하기도
하고 주기도 전에 손을 흔들며 사양했다. 그냥 지나가
는 사람에게 CD 한 장 준다는 것이 그들에게는 이상한 아저씨처럼
여겨진 것 같다.

그러나 주저할 수 없었다.

이 일은 정말 귀한 일이고 내 인생에서 나중에 아들에게 얘기해 줄
수 있는 가장 자랑스러운 일이 될 것이라는 생각도 밀려왔다.

⟨i am Melody⟩

"이거 공짜입니다! 공짜요! 정말입니다!"

큰 소리로 얘기하고 전해 주면서 일단 그들의 손에 전달되면 바로 서둘러 다른 곳으로 걸음을 재촉했다.

나를 명동 길거리로 내몬 ⟨i am Melody⟩는 내게 과연 어떤 존재일까?

이게 무엇이기에 일 년 넘게 애써 만든 것을 호객꾼이라는 소리까지 들어 가면서 공짜로 나누어 주고 있는 것일까?

2011년 3월 11일 일본 동북부 지방 근해에서 리히터 규모 9.0의 대지진이 일어났다. 1995년 7.2의 고베 지진으로 6,300여 명의 사망자를 낸 일본에서, 이보다 훨씬 큰, 세계 역사상 다섯 번째로 진도가 높았던 이 지진은 3만 명이 넘는 사망자와 실종자를 냈다.

36년 동안 식민통치를 받은 한국이지만, 동북부 대지진으로 모든 한국 국민은 일본 국민과 함께 울고 또 울었다.

나는 슬픔이 좀 더 오래간 것 같다. 일본에서 유학 생활을 해서 그들에게 남다른 정을 가지고 있었기 때문이기도 하지만, 지진이 나기 몇 주 전은, 한국과 일본에서 ⟨i am Melody⟩ 2집의 동시 발매를 추진하고 있었기 때문이다.

이 앨범은 그리스도인들보다는 복음을 전혀 모르는 사람들, 특히 일본 쪽으로 동진하여 미국과 유럽까지 찬송가를 통해 복음을 전하고 싶었기 때문에 만든 앨범이다.

그리스도의 복음은 예수가 이 땅에 오신 2천 년 전부터 계속 서쪽으로 전진하여 왔는데 이제는 지구의 한 바퀴를 완전히 다 돌기 일보 직전이다. 지금 중국에는 수많은 그리스도인들이 있고 그들은 복음이 시작된 중동을 향하여 100만 명의 선교사를 보낼 준비를 하고 있다.

해양 심층수를 아는가?

수심 200m 이상의 깊은 바닷속에 있는 물인데, 이 물은 바닷물의 유기물과 병원균이 거의 없는 청정한 신비의 물이다.

요즘에는 시중에 많이 소개되어 손쉽고 싸게 구입할 수 있게 되었는데 그 물을 마시면 물맛이 좀 다르게 느껴진다. 왠지 몸에 좋을 것 같고 아토피 피부에 바르면 나을 것 같은 느낌이라고 할까.

이 신비한 물은 바다 깊은 곳에서 아주 느린 속도로 지구를 한 바퀴 돈다는 것이 최근에 밝혀졌다. 더 놀라운 것은 이 물이 지구를 한 바퀴 도는 데 2천 년이 걸린다는 사실이다.

이 물처럼 복음도 지구를 한 바퀴 도는 데 근 2천 년이 걸렸다.

우주 과학자들이 우주에서 물의 존재, 아니, 물의 흔적만이라도 발견하려고 혈안이 되어 있는 것은 물은 생명이기 때문이다. 그동안 발견되지 않았지만 바다 깊은 곳에서 서서히 흐르고 있었던 해양 심층수는 바로 그리스도의 복음을 상징한다고 생각할 수 있다.

세계 역사를 살펴보면 지난 2천 년 동안 복음이 지나온 자리에는 엄청난 변화가 있었다. 교회가 부흥하면서 많은 나라의 문화와 경제가 발전했다고 생각되는데, 이상하게도 복음이 자리 잡은 지 좀 오래된 국가는 다시 원래의 모습으로 변해 가는 것을 본다. 예를 들면 영국이 그렇다. 오래전 복음을 받아들이고 그리스도인 인구가 전체 인구의 90퍼센트를 넘었던 나라였는데 지금은 교회를 다니는 영국인이 1퍼센트 미만이 되어 버렸다.

기독교 국가라고 알려진 미국에서도 정기적으로 교회를 다니는 사람이 이제는 10퍼센트 정도에 불과하다.

유난히 일본은 복음이 정착하지 못하고 건너뛴 것 같은데 한국만 예외다.

한국은 약 20퍼센트의 그리스도인이 있고 세계에서 해외 선교를 제일 많이 하는 나라에 속한다. 한국 교회가 이렇게 성장하며 이제는 중동 아랍권까지 복음을 들고 서진하고 있는데, 복음이 건너뛴 동쪽으로의 역주행을 누군가는 해야 한다는 생각을 늘 해 왔다.

그래서 어떻게 해야 할까 생각하다가 음악을 통하여 동진하는 것이 최선의 방법이라는 생각이 들었다.

디지털 시대에 가장 빠르게 갈 수 있는 게 음악이고, 음악을 좋아하지 않는 사람은 거의 없기 때문이다. 그러나 이 일을 해야 될 사람이 바로 나라는 생각이 드는 것은 왜일까. 음악으로, 그것도 앨범으로 동진을 한다는 것은 건방지게 느껴질지 모르지만 마침내 나는 성경에 나오는 기드온의 300 용사를 생각하며 세계 공통 언어인 음악으로 나아가기를 결심한 것이다.

기드온은 큰 전쟁을 치르려 뜻 있는 용사를 모으기 위해 나팔을 불었다. 3만 2천 명이 모였지만, 하나님은 두려워 떠는 2만 2천 명을 돌려보내게 하셨다. 그리고 기드온에게 나머지 만 명은 물가로 데리고 가서 물을 마시게 하셨다.

물을 마시는 용사들은 두 부류로 나누어졌다. 한쪽은 무릎을 꿇고 물을 마셨다. 9,700명으로 대다수였다. 다른 한쪽은 손으로 물을 떠서 입에 대고 개처럼 핥아 마셨다. 300명이 그랬다. (사사기 7장 5-7절)

하나님은 기드온에게 물을 개처럼 핥아 마시는 자 300명만 남겨 두고 나머지는 모두 집으로 돌려보내라고 하셨다. 적군 13만 명과의 싸움에서 사람의 힘을 의지하지 않는 소수 300명이라도 하나님이 함께하시면 승리한다는 것을 보여 주시기 위함이었다.

그런데 나는 좀 다른 생각이 들었다. 개처럼 물을 핥는 것 자체에 큰 의미가 있는 것은 아니지만, 상식적으로 개처럼 물을 핥아 먹었다면 그 사람들은 잘 갖춰진 사람이라기보다는 좀 어딘가 모르게 부족한 사람이 아닐까.

어딘지 부족해 보이는 이 300명이 하나님의 도우심으로 13만 명의 미디안 군사들과 싸워 이긴 '기드온의 300 용사'다.

'그래, 나같이 부족한 사람도 하나님이 함께하시면 할 수 있다!' 이런 용기가 생겼고, 그래서 이 일을 하기로 맘을 먹었다.

중요한 것은 능력이나 숫자가 아니었다. 성경에서는 좀 부족한 사람이라도 하나님의 이끄심을 믿고 따르는 자는 늘 승리하였다.

나는 늘 풀이 죽어 있는 학생들에게 이 기드온 300 용사 이야기를 들려 주면서 생각을 달리하라고 말해 왔다. 그리고 이제는 내 차례가 된 것이다.

소외된 약자인가? 늘 2인자인가? 전공을 못 살렸는가? 의심, 반항심이 많은가? 돈이 없는가? 상처가 많은가? 우울한가? 환자인가? 가방끈이 짧은가? 힘이 없는가? 내성적인가? 가정환경이 좋지 않은가? 병이 있는가?

기뻐하라!

당신은 위대한 연출가가 찾고 있는 사람이다. 이 시대에 하나님이 원하시는 사람은 주연급이 아니다. 주연은 이미 예수 그리스도께서 맡고 계신다. 그러나 한심하게도 그 자리를 넘보는 사람이 참 많아 보인다. 실제로 요즈음에는 주연이 되기 위해 안간힘을 쓰는 사람이나, 마치 자기가 주연인 것처럼 행동하는 종교 지도자들도 많아 보이지만 하나님은 이들을 모두 돌려보내실 것이다.

성경을 많이 안다고 생각하는 사람들, 소위 성령의 사람이라고 자처하는 사람들, 방언으로 하나님과 비밀 대화를 나눈다는 사람들, 찬양으로 앞에 서는 사람들, 그리고 나…. 우리 모두 귀가조치당하지 않으려면 조심해야 한다. 하나님은 오직 엑스트라를 원하신다. 나도 개처럼 핥아 먹는 보잘것없는 존재임을 늘 명심하려 애를 쓴다. 〈i am Melody〉는 그런 의미에서 광야에서 외로이 깃발을 들고 있는 엑스트라 배우의 심정으로 만든 것이다.

그렇지만 나 혼자가 아니었다.

엑스트라 배우는 혼자로 부족하여 늘 여러 명이 동원된다. 이 앨범에는 뜻을 같이한 한국의 대중가수들과 연예인, 외국의 아티스트들이 많이 참여했다.

모두들 매우 유명한 연예인이며 뮤지션들이지만, 이 앨범에서는 모두들 기꺼이 엑스트라 배우가 되었다. 다들 엑스트라니 가나다순으로 열거해도 좋을 것 같다.

나를 포함하여 '브라운 아이드 소울' 멤버인 나얼과 정엽, 리사, 박기영, 서영은, 이하늬, 장윤주, 정훈희, 팀, 폴 브라운(Paul Brown), 알렉스 알(Alex Al), 토니 무어(Tony Moore), 도널드 헤이스(Donald Hayes), 돈테 윈슬로우(Dontae Winslow), 레니 카스트로(Lenny Castro), 토미 케이(Tommy Kay), 존 로버트(John Roberts). 이들이 〈1집〉에 참여했다. 〈2집〉에는 '브라운 아이드 소울'의 영준·나얼·성훈, '버블 시스터즈'의 김민진과 최아롬, 김범수, 다이나믹 듀오, 리사, 박지윤, 이지영(빅마마), 조승우, 리키 로슨(Ricky Lawson), 알렉스 알(Alex Al), 마이클 앤젤

〈i am Melody〉 녹음 당시 스테프들과 함께.

(Michael Angel), 트레이시 카터(Tracy Carter), 빌 처치빌(Bill Churchville), 게리 스태니오니스(Gary Stanionis), 데이비드 리듀(David Rideau)가 참여했다. 이들이 모두 모이는 것은 참으로 힘든 일이었다.

실제로 나는 그들을 섭외하면서 많이 늙었다. 편곡 작업도 힘들었지만 섭외라는 것은 경험이 없던 나에게 또 다른 차원의 어려움이었다. 어렵게 섭외가 되어 가수들이 승낙을 해도 회사가 거절하는 경우도 많았다. 연주에 참여할 미국의 유명한 아티스트를 섭외하는 것도 쉽지 않았지만 미국에서 녹음할 때 그들을 한곳에 모이게 하는 스케줄 조정은 또 한 번 나를 늙게 했다.

이 앨범이 만들어지기까지는 꽤 많은 산을 넘어야 했다.

그래서 앨범을 만드는 모든 과정을 다큐멘터리 영상으로 만들고 싶었다. 그 역할은 너무나도 센스 있는 뮤직 비디오 감독으로 잘 알려진 송원영 감독이 맡아 주었다. 그는 미국까지도 같이 와주어 전 과정을 필름에 담아 주었다. 참으로 좋은 사람이다. 이런 감독도 세상에 있구나, 느끼게 하는 사람이다.

모두들 인기도 아니요 돈도 아니요 인간관계도 아니요 음악도 아니요, 오직 복음이 동진할 수 있도록 음악으로 동참해 준 진정한 엑스트라 배우들이다.

〈i am Melody〉 앨범은 오직 말씀이 주된 찬송가로 녹음되어 만들어졌기에 어떤 가수도 작곡료나 작사료, 편곡료 같은 저작권을 주장할 수 없었다. 그저 모두가 한뜻이 되어 만든 앨범이었다.

특히 묵묵히 뒤에서 도와준 사진작가 '사이다' 씨나 멋진 앨범의 재킷을 디자인해 준 김미나 씨, 웹이나 아이폰 어플 등을 만들어 준 정량 씨 등 수많은 일꾼들이 힘을 합쳐 주었다.

내가 가수나 아티스트들을 만나 섭외할 때는 늘 이렇게 얘기했다. "이 앨범은 찬송가를 만드는 것보다 더 위대할지도 모릅니다. 또 그만큼 복도 주실 것입니다." 섭외하기 위해 늘 쓰는 말이 아니라 실제로 그렇게 느끼고 확신하기 때문이다.

물론 이 세상에서 보이는 축복만을 얘기하는 것도 아니고, 꼭 복을 받고자 하는 것도 아니었는데 이상하게도 그 복을 눈에 보이게 갑자기 받는 가수들이 많아 나는 의아했다.

내가 얘기할 것은 아니지만 참여가수들이 앨범을 참여한 직후나 아니면 참여하기로 의사를 밝힌 후 (아직 녹음이 진행되지 않은 상태) 눈에 보이고 만인이 인정할 만한 복을 받는 경우를 많이 보고 놀라워했다.

〈i am Melody〉 2집

〈i am Melody〉 앨범은 앞으로도 계속 내고 싶다.

지금은 외국에서도, 심지어 아프리카에서도 듣고 연락이 오는 경우도 생겼다.

과거와 같이 사람들이 앨범을 많이 사 준다면 좋겠지만 많은 사람들이 음원만 갖고 있는 경우가 많아 앨범을 내도 재정적인 면에서 어려울 때가 많다. 하지만 할 수 있는 한 계속 만들 것이다.

원래 엑스트라 배우는 돈을 못 번다.

그렇다고 난 가난하지 않다. 많은 복을 받아 늘 풍요롭고 때로 궁핍할 때도 풍요롭다.

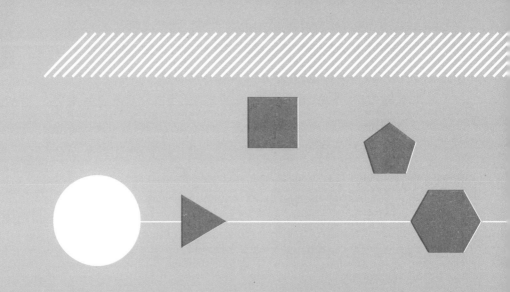

에필로그

you are Melody, too!

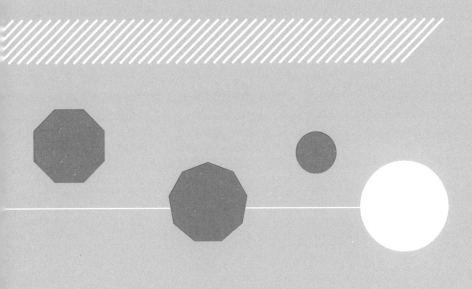

you are Melody, too!

이제 글이 막바지에 이르렀다. 신난다.

나는 무대를 좋아하지 않는다.

공연이 끝난 후가 더 좋다.

마지막을 쓰는 것이 즐거운 까닭은 이 글을 다 쓰고 나서 어떤 반응이 올지는 오직 독자들의 몫으로, 나의 의지와는 전혀 상관이 없기 때문이다.

반응이 좋든 좋지 않든 수용할 수밖에 없기 때문이다.

다들 느낀 대로 내가 이제까지 이 모자란 글을 써 온 까닭은, 독자 중에 그리스도인이 아니라면 삼위일체 하나님을 알고 예수님의 십자가 보혈로 구원받기를 간절히 바라는 맘에서였다. 믿는 사람들에게는 '피니쉬 스트롱(Finish Strong)'이란 말처럼 끝까지 푯대를 향하여 달려가고 이후의 결과는 그분께 맡기기를 바라는 맘에서였다.

우리 행위의 결과에 의한 상이 아니라 겨우 한 시간도 채 일을 못했는데 하루, 아니 일 년치의 삯을 받는 것처럼 말이다 (마태복음 20:1-16).
하나님이 상을 주시는 데는 전혀 예상치 못한 반전이 있는 것 같다.

다시 서원이가 태어난 날로 돌아간다.
그날의 감동은 계속되었는데 나는 어떻게 하면 아기를 주신 하나님
께 감사를 표현할 수 있을까 생각하게 되었다. 마침 서원이가 태어
나고 이틀 뒤가 주일이었다. 그날 아침 일찍 그동안 내가 교회에 나
가 보라고 얘기한 몇 명의 청년들에게 문자를 보냈다.
하나님이 가장 기뻐할 일이라는 생각이 들었기 때문이다.
"'사람이 만일 온 천하를 얻고도 제 목숨을 잃으면 무엇이 유익하리
요'(마가복음 8:36). 오늘 아침 9시 반까지 강남역 근처에 있는 사랑의교
회 앞으로 나와라. 기다릴 테니 알아서 해라."
신기하게도 문자를 보낸 4명의 건장한 청년들이 나왔다.
그들은 교회에 대해 약간씩 반감이 있기도 하고, 교회를 다니게 되
면 좋아하는 술을 못 마실 것에 대한 부담도 가지고 있었다. 어떤
청년은 모든 사람이 자기를 쳐다보고 있다는 생각에 사로잡혀 있기
도 해서 계속 교회 가기를 거부했다.
그러나 이렇게 와 준 그들이 매우 고마웠다. 드디어 예배당에 들어
가 내가 가운데에 앉고 좌우 양옆에 둘씩 앉았다. 그들은 매우 어색
해했다.
나는 예배 시작 전부터 계속 눈물이 났다. 10년 만에 기적적으로 아
들을 주셨다는 그 감동의 드라마에서 아직 깨어나지 못하고 있었기
때문이다.
양쪽에 앉아 있던 청년들은 내가 눈물을 닦는 모습을 보고 매우 당

황해 하는 모습이었다.

나는 기도 시간에 이렇게 눈물을 흘리며 작은 소리로 기도했다.

"하나님, 저에게 새 생명을 주셔서 진심으로 감사와 찬송을 드립니다."

그런데 갑자기 이상한 느낌이 들었다.

뭔가 내 맘속에서 속삭이는 것 같은 느낌이었다.

난 사실 '하나님의 음성'을 잘 믿지 않는다.

하나님을 봤다는 것도 믿지 않는다.

그분의 전지전능하심이야 당연히 믿지만 하나님께서는 오늘날 성경 말씀을 통해 우리에게 당신의 뜻을 전하신다고 확신한다. 그렇기에 내게 말씀은 더 없이 소중하다.

그런데 나의 독백이었을지 모르지만 뭔가 내 귓가에 속삭임 같은 게 들렸다. 혼자만의 착각일지도 모르지만 아직까지 소중히 간직하고 있는 기억이 있다. "나는 너에게 한 생명을 주었지만 넌 나에게 4명의 생명을 데리고 왔구나."

이 경험은 아무리 나의 독백이라도 잊을 수가 없다. 내가 이 4명을 데리고 오려고 한 행동은 겨우 몇 번씩 교회 다니라고 문자 보낸 것 외에는 없기 때문이다.

돈으로 치면 한 사람당 문자 비용 100원이 든 셈이다.

특히 그들을 위해 기도한 적도 거의 없고, 단지 문자 몇 번 한 것이 전부였는데 하나님은 나에게 모든 공로를 돌리시는 것이었다.

이것이 사실이라면 말이 안 되는 것이다.

앞에서 '3화음'에 대해 이야기를 했다.

클래식 음악 형태의 곡들에서는 이 3화음을 바탕으로 화성을 만들어 합창을 많이 한다. 특히 찬송가들도 보면 이 3화음을 이용하여 모두 클래식 형태의 4성부로 되어 있다.

또 재즈적으로 노래를 부를 때 아카펠라의 형태도 4성부인 경우가 많다.

그런데 3화음일 경우 3성부로도 충분한데 굳이 4성부로 되어 있는 이유는 무엇일까?

'3화음'에서 언급한 대로, 이렇게 되면 한 음을 중복해야 한다.

한 음을 중복하기 위해 수많은 규칙을 지켜야 함에도 불구하고 꼭 4성부를 하게 하신 이유가 도대체 무엇일까?

그 답은 이 세상이 끝이 나고 천국이 열릴 때에 알게 될 것이라고 믿는다.

그 감격스럽고 영광스러운 날에 우리는 삼위일체이신 성부, 성자, 성령과 함께 노래 부를 것이다. 그때 소프라노, 알토, 테너, 베이스 중에서 우리가 한 파트를 맡을 것이다.

음악을 좋아하는 이라면, 이 얼마나 감격스러운 순간이겠는가!

*루치아노 파바로티의 공연을 관람하러 갔다가 무대에 불려 올라가 같이 부르는 것과는 비교도 안 되는 환희의 순간일 것이다.

그렇다면 소프라노, 알토, 테너, 베이스 중 어느 파트를 우리에게 맡기실까?

또 성부, 성자, 성령께서는 과연 어느 파트를 담당하실까?

잠시 책을 덮고 생각해 보길 바란다.

소프라노는 매우 중요하니까 성부께서 직접 담당하실 것이고 알토

루치아노 파바로티
Luciano Pavarotti
1935.10.12.－2007.9.6.
이탈리아의 테너 가수. 다양한 레퍼토리와 높은 음역에서 멀리 뻗어나가는 맑고 깨끗한 음색이 최대의 장점이다. 플라시도 도밍고, 호세 카레라스와 함께 세계 3대 테너로 불렸다.

는 성자 예수, 테너는 성령, 아니면 우리가 맡을 것 같지 않은가?
아니다!
짧은 음악 생활이지만, 그동안 임마누엘 하나님이 함께하신 것을 확신하고 말하건대, 베이스는 성부, 테너는 성자 예수, 알토는 늘 소프라노와 같이 다니며 보조하기 때문에 성령이 맡으실 것이다.
그리고 소프라노인 멜로디는 바로 나, 우리의 몫일 것이다.
이 얼마나 겸손하신 하나님이신가.
멜로디는 가장 위의 음이라, 같은 크기라도 가장 크게 들리고 튀는 소리다.
가장 돋보이는 파트를 우리에게 맡기시는 것은 위대한 겸손이다.

청년들을 교회에 데리고 온 것도 내가 한 일은 고작 1퍼센트에 불과하다. 그러나 99퍼센트 일하시고 1퍼센트 일한 우리에게 모든 공로를 돌리시는 분이 바로 하나님이다.
소프라노, 알토, 테너, 베이스 중 가장 튀는 부분을 우리에게 맡기시며 뒤에서 받쳐주시고, 멜로디를 부른 우리에게 모든 박수를 돌리시는 그분이 바로 하나님이다.

아들에게 두발 자전거를 꼬박 5일 동안 정성껏 가르치고 나자, 아들은 드디어 혼자 자전거를 타고 달리게 되었다. 곁에서 같이 뛰던 나는 아들에게 엄지손가락을 들어 보이며 크게 외쳤다.
"와우! 서원이 최~고!"
"네가 해냈다!"
그것이 바로 아버지의 마음이다.

그것이 바로 아버지의 겸손이다.
그것이 바로 아버지의 눈물이다.

〈i am Melody〉는 그런 의미를 담고 있다.
모든 공로를 나에게 돌리시는 그분의 마음이 담겨 있다.
나를 드러내시기에 M이 대문자다.
나의 긍정적 생각이 대문자를 만든 것이 아니다.
그것은 오직 그분의 은혜다.
그런 아버지의 겸손을 배우고 싶어 i를 소문자로 했다.
더 이상 머리만 커져서는 안 된다.
교만했던 마음, 이젠 깨달을 때가 왔다.

우리는 모두

지식은 많아졌지만 지혜롭지 못했다.

알아야 될 것은 모르고 몰라도 되는 것만 알려고 노력해 왔다.

진리를 애써 부정하며 살아왔다.

때로는 남자이기를 거부하기도 하고,

때로는 살기를 거부하기도 했다.

20년 잘살기 위해 60년을 돈을 위해 일해 왔다.

내 힘으로 해 보려다 목숨 잃는 줄을 몰랐다.

높은 산 정상에 오르려고 모든 것을 희생했지만,

결국 올라와 보니 다른 산에 잘못 올라왔다.

이젠 다시 가기에 너무 늦었다.

이제는 포기하기에 이르렀다.

모든 것을 체념하고 지켜보기만 한다.

어떤 말도 들리지 않는다.

그런데,

이런 사람을 진심으로 찾는 분이 계신다.

그에게는 새로운 선수가 필요하다.

개처럼 물을 핥아 먹는 사람도 상관이 없다.

유니폼이 없어도 된다.

경력을 우대하지도 않는다.

감독을 의지하는 사람이면 된다.

우리는 더 이상 관중석에 있어서는 안 된다.

더 이상 대기실에 있어서도 안 된다.

그분 앞에서는 후보 선수가 없다.

모두가 주전선수다.

그런데 정말 중요한 돈이 없는가?

돈이 없으면 아무것도 할 수 없는가?

그건 딱지에 불과하다.

선수는 지갑을 가지고 나가지 않는다.

우린 그분의 전신갑주를 입고 힘써 싸우게 된다.

승리는 이미 우리에게 정해져 있다.

우린 곧 승리의 노래를 부르게 된다.

영원히 잊히지 않을 그 노래를 부르게 된다.

이제껏 들어보지 못한 화음이 울려 퍼지게 된다.

두 손을 들어도 모자라 고개를 들게 된다.

우리의 노래는 높이 들린다.

당신의 멜로디는 무엇인가?

테리토스의 로고는 더 큰 지식의 세계로 들어가는 게이트를 상징합니다.
'영역'의 복수형인 territories를 줄인 말로, '확장성'을 내포하는 테리토스는
책을 통해 독자들의 삶과 정신세계가 더 깊고 넓어지기를 꿈꿉니다.

i
am
Mel●dy

아이 엠 멜로디

발행일 2011년 8월 30일 초판 1쇄
　　　　2011년 9월 5일 초판 3쇄
지은이 곽윤찬　**펴낸이** 김명호　**펴낸곳** 테리토스
편집 김은홍　**디자인** 정선형　**홍보** 오주영
마케팅 김겸성 송상헌 고태석 양보람

그래픽디자인 김미나　**사진제공** 블루쉬림프

등록번호 제321-2011-000152호(2011년 8월 8일)
주소 서울시 서초구 서초 1동 1443-26
전화 02-3489-4300　**팩스** 02-3489-4309

※가격은 뒤표지에 있습니다. 잘못된 책은 구입하신 곳에서 교환해 드립니다.